REPÚBLICA DO VÍRUS

António Quino

REPÚBLICA
DO VÍRUS

Copyright © 2019 Editora Malê Todos os direitos reservados.
ISBN: 978-85-92736-57-6

Capa e editoração: Mauro Siqueira
Editor: Vagner Amaro

Texto revisado segundo o novo Acordo Ortográfico da
Língua Portuguesa.
Proibida a reprodução, no todo, ou em parte, através de
quaisquer meios.

Dados internacionais de catalogação na publicação (CIP)
Vagner Amaro CRB-7/5224

Q7r	Quino, António
	    República do vírus / António Quino – Rio de Janeiro: Malê, 2019.
	    94 p.; 19 cm.
	    ISBN: 978-85-92736-57-6

1.	Romance angolano I. Título
	CDD – A869

Índice para catálogo sistemático: romance angolano A869

Todos os direitos reservados à Malê Editora e Produtora Cultural Ltda.
www.editoramale.com.br
contato@editoramale.com.br
2019

Agradecimentos

À Paula Cristina, minha cúmplice, companheira e minha amada "juíza";

Aos meus filhos Edgard, Carolina da Graça "Liça", Lweji Zarina e Paulo Rafael, pelo amor com que preenchem o meu coração;

Ao meu pai, Francisco Quino, por me iniciar no amor aos livros;

Aos meus irmãos, Paulo, Miguel "Rato", Quim, Lena, Dadinha e Patrícia, pelo amor e carinho que permitem que seja recíproco;

Às minhas três inesquecíveis musas, nomeadamente minha avó (Madalena Agostinho da Silva), minha mãe (Maria Basilissa da Graça Mateus Quino) e minha irmã (Ana Paula Mateus Quino) por, do céu, continuarem a iluminar o meu caminho;

Aos meus sobrinhos, a todo Quino, todo Lengue, ao clã Mbaxi ya Mkuta, aos amigos e colegas pelo carinho;

Ao pessoal da ex-Avenida do Brasil, em Luanda, que já foi dos Massacres e hoje assumiu Hoji Ya Henda, aos do Complexo Escolar Marítimo Hélder Neto no Namibe e aos do Lar dos Estudantes também de Moçamedes, pelo companheirismo;

Ao escritor e amigo Carmo Neto, que também é António Francisco, pelo apoio desinteressado, mas cirúrgico nessas e noutras empreitadas dessa vida tertúliada das letras mal engavetadas;

Aos leitores, amigos e outros que, na província do Bengo e de Luanda, alimentam a minha escrita;

Enfim, a Deus, Pai todo-poderoso, por tudo;

A minha eterna gratidão.

Obedecendo à política da Natureza, o céu elegeu cumulus para deixar o denso governar o tempo, sob o ensolarado brilho do seu branco. No mesmo céu, o fleumático homem sonhava por um daqueles momentos de inolvidável prazer, que qualquer ser humano razoável gostaria de experimentar.

As nuvens de anseio povoavam o seu imaginário. Inundavam todo o interior da aeronave e abafavam outros sonhos iguais aos de qualquer homem comum. Jamais algo ou alguém poderia dissuadir aquele passageiro VIP de viver os seus ansiados instantes de glória, conservados numa espécie de "caixa preta" do viajante, transportada no conforto de um enorme pássaro metálico, planando suavemente entre flutuantes algodoeiros em forma de couve-flor.

Abandonando rapidamente o céu, o Boeing 747 ajustou bem firme os seus trens na maltratada pista do Aeroporto Internacional de Giba, capital da República Unida da Mulumba. Zuão Xipululu prenhava a cadeira com o seu vasto peso, agitando-se sem conseguir disfarçar a ânsia.

Conhecido nas lides partidárias como Introcável, regressava das férias pleno de expectativas e carregando no semblante um sorriso maroto, certamente por estar também livre do stress provocado pelo caos do tráfego rodoviário, rotineiro, na assimétrica cidade que acoitou o seu cordão umbilical.

Pelo seu estatuto de gente importante, tinha direito até a tratamento personalizado. Entretanto, para fugir aos paparazzis, ávidos de informações sobre um vírus que ainda andava pelo país, o político dispensou os protocolos e meteu-se no meio dos passageiros comuns, numa enorme confusão, muito comum na sala de desembarque do aeroporto da capital da República Unida da Mulumba, a RUM. Sentia-se em casa, numa terra de efervescentes políticos, onde o cacimbo já tinha assumido o poder, mas o calor teimava em reinar.

Esmerado estratega do Partido das Ideias Mobilizadoras de Progresso e de Acções para a Mudança de um País Unificado e em Marcha, o popular PIM-PAM-PUM, Zuão Xipululu reparou que havia gente encafuada parecendo cafocolo sem folga, coabitando com gritos, nubentes de amenas cavaqueiras, e afagas saudações perdidas no ruído do roncar de turbinas de aviões, tudo em conjunto indoe vindo em fugazes intervalos de tempo. Mais as malas praqui e prali, com imbambas sem mesura encostadas às paredes desfocadas e envelhecidas pelo eficaz olhar do tempo. Realmente, Zuão Xipululu sentia-se em casa.

Ao passar pelo Serviço de Migração, o Introcável lançou fulminantes chispas aos funcionários em serviço, olhar crítico pela falta de algum aprumo e no modo deselegante como tratavam os passageiros. Seguia com passo de soldado marchando.

— Vem aí o senhor deputado! — alertou aos seus subordinados um oficial do serviço de migração. Fizeram continência.

Aqueles que reconheceram tão carismática figura, abriram alas e ele passou por entre os companheiros de viagem como gente realmente muito importante, sem necessidade de exibir o passaporte diplomático. Saudou com desproporcionada simpatia aquela pequena multidão que o aclamou na parte de fora da sala.

Muitos abraços, beijos e apertados cumprimentos entre recém-chegados e seus entes. Por ele ninguém esperava.

Lembrou-se então que não tinha anunciado o seu regresso. Nem mesmo a sua senhora sabia. Também, em tempo de congresso no partido e vírus activos circulando de forma avulsa, não se devia andar por aí a anunciar os passos, até porque corriam rumores sobre o seu futuro político; algum cargo bem adiposo parecia estar nos planos dos dirigentes do partido do qual se sentia fundador.

Já no parque de estacionamento do aeroporto, entrou na sua ultramoderna viatura, empoeirada tal qual a outra, de transporte colectivo urbano, que esbarrou no seu caminho e parou em plena faixa de rodagem para desembarcar passageiros. Contrariando um gasto costume seu, Zuão Xipululu não buzinou nem protestou. Estava sem pressa de regressar ao seu lar.

Entretanto, pressa, mesmo, tinha de reviver os aromas e sintomas das eleições, de colocar o voto na urna sob flashes e filmagens na proporção da importância mediática do evento. Refastelado no cómodo assento, assumindo a pose de quem devorou o mundo com sucessos sobre sucessos, Zuão Xipululu foi revivendo as doces férias.

Tinha sido possível passar memoráveis dias numa instância balneária, localizada numa ilha afrodisíaca, com a Troika, sua amante de intermináveis momentos. Loira alemã cheia de carnes, a Troika, havia aberto os corredores de Wall Street, NASDAQ e cidades globais para que Xipululu tivesse conhecimento e reconhecimento na praça financeira e política internacional. Falava-se duma milionária sociedade financeira que ambos terão celebrado num passado longínquo e com louvores dos países credores do Clube de Paris.

Conheceram-se no Feitiço, em Mulumba. Na altura, Troika fazia parte de uma equipa de filantrópicos activistas sociais duma organização não governamental alemã, que acudia crianças desnutridas numa área diamantífera do Feitiço, distrito inóspito de Giba, habitada por mosquitões, militares descompostos, camponeses desenrascados e garimpeiros de nacionalidades indefinidas, quase todos eles procurando o diamante que febrilmente acreditavam estar a aguardar por eles no subsolo.

Também, Feitiço era uma zona militar estratégica, importante para a protecção de Giba. Situada no centro da capital a mais de dois mil e sete metros acima do nível do mar, sendo possível, a partir dela, ter-se uma visão global da cidade, nela estavam instalados os mais variados modelos de antenas dos diversos serviços de telecomunicações, entre monopolos e dipolos, antenas direccionais e multifrequenciais.

Havia ainda um regimento militar de artilharia antiaérea, responsável pelo asseguramento do espaço aéreo de Mulumba e pela condução operacional da defesa antiaérea da RUM. Zuão Xipululu comandava os Serviços de Contra Inteligência Militar do distrito, o SECIM, cujos operacionais detiveram Troika. Não se sabe exactamente se Troika fora acusada de ser garimpeira de diamantes ou de informação altamente classificada, mas alguns difamavam que Troika tinha tino de agente dos serviços de inteligência federal da

Alemanha, e que terá actuado em algumas missões internacionais sob o código de Helga. Havia inclusive algumas informações pouco clarificadas de que Helga terá comandado a operação da comissão de segredos oficiais do parlamento daquela federação, que culminou com a detenção de um agente secreto alemão, acusado de ter vazado mais de duzentos documentos da Bundestag, para algum serviço de inteligência norte-americano, alimentando o escândalo da espionagem reinante em Washington.

Quando foi detida, encontrada a expedir mensagens cujo código e destinatário continuaram indecifráveis, Troika mostrou-se surpreendida. Em sua defesa, a alemã afirmou que estava apenas a coordenar toda a ajuda humanitária da União Europeia para as populações, que na ocasião enfrentavam uma penúria alimentar e um surto de cólera. Daí a necessidade das comunicações regulares por um invejável telefone satélite.

Com a apreensão dos objectos relacionados com o caso e a consequente ordem de expulsão imediata da Mulumba, o acompanhamento da execução da pena coube a Zuão Xipululu. Entretanto, mesmo sem se ouvir a alemã ou sem antes se colher todas as provas que serviriam para o esclarecimento do facto e suas circunstâncias, os dois, ela e Xipululu, cultivaram a seiva da paixão nas longas 72 horas que antecederam o repatriamento da loira enclausurada no Feitiço. Juntos, enquanto aguardavam pelo helicóptero que os transportaria para o aeroporto, partilharam um minúsculo cubículo, com apenas duas divisões, já que os dois outros militares, um sargento e um praça, estavam numa guarita improvisada, que completava a messe dos oficiais da unidade. Ou seja, na casa dos oficiais do comando operacional só havia um único e desmoralizado oficial superior, ali enviado por castigo.

Quando lhe foi apresentada, depois de um breve interrogatório, Zuão Xipululu desconfiou da teoria de ela ser agente secreta. Pareceu-lhe excessivamente ingénua, muito desajeitada, embora persuasiva e autoritária. Ou estava já a falar o emocional, por ter ficado caidinho pela loira numa terra onde as mulheres só andavam de enxada e criança às costas, exceptuando as meretrizes?

Depois de dois ininterruptos anos de desterro no Feitiço, castigado por um general com quem teve algumas desinteligências pessoais, e vivendo apenas de pequenos impulsos com prostitutas baratas, receou que a cor alva pudesse estar a cegar a sua razão. Não sendo exactamente um santo, até antes de ter sido chamado ao serviço militar obrigatório, Xipululu não passava de um sonhador; um poeta no modo de olhar o mundo e os homens. Enquanto jovem, era tão quieto que tinha até receio de perturbar o vento com a agitação molecular da sua presença. Alguns amigos alcunharam-no de sombra, pautando a sua postura pelo ouvido, olhar e olfacto. Menino de hábitos ligeiros, raramente os seus passos eram vistos ou sentidos longe de casa. Na recruta, não foi nem o pior e tampouco o melhor. Por continuar a ser um jovem mancebo que não dava nas vistas, mas sempre muito atento, perspicaz e astuto, foi logo recrutado para os Serviços Secretos. Não tivesse tido a pouca sorte de a sua irmã casar-se e logo depois entrar em desacertos com o seu marido, um general do exército, e continuaria a ser um sombra. Foi por aí que iniciou o seu desterro. Ficar no Feitiço já lhe tinha atordoado demais a mente. Mosquitões, moscas e baratões comungavam-se no dia-a-dia. As pessoas dependiam quase que em absoluto do abastecimento aéreo, pois para cá do pântano havia uma densa floresta governada por mitos de homens e animais pré-históricos.

O pântano circundante do Feitiço criava uma fronteira natural contra os perigos do desconhecido e, para chegar ali, só arriscando a vida, primeiro atravessando a misteriosa floresta e depois o pântano. Poucos o terão conseguido, engrossando o mito que veio a dar o nome à área. Mas os que de lá conseguissem sair com vida, populou-se que passavam a ser abençoados pelo próprio feitiço da terra. Talvez por isso algumas pessoas nem sempre sérias afirmavam que, sob os reflexos cinza dos muitos quilates de preciosas gemas de refracção dupla, Troika e Xipululu celebraram, nas águas putrefactas daquela zona pantanosa, um pacto de amor eterno abençoado pelo Feitiço.

Ao receber o processo da alemã, aceitou a informação dos seus operacionais como sendo verdadeira e autenticou a ordem de extradição que veio do Comando Militar da Zona, já homologada pelo Ministro da Administração Interna. Aliás, uma santa notícia, pois estava a aguardar por um argumento que o pudesse fazer sair dali.

A captura de uma agente dos serviços secretos foi mesmo um presente caído do céu, que lhe valeu até uma promoção ao nível dos Serviços de Inteligência. Na verdade, foi o prenúncio para uma ascensão galopante do militar ao político.

Ao ser recambiada para o seu país, Troika começou por passear por Antuérpia, seguiu para Wall Street e depois assentou posição no Reichstag e em Bruxelas, ampliando o seu campo de influência política.

Nem feia nem bonita, nem alta nem baixa, nem faladora nem tímida, Troika ganhou o estatuto de uma mulher sombra nos corredores da União Europeia, podre de dinheiro. Certamente terá sido por sua influência que Zuão Xipululu saltou para o mundo da política mundial, entrando pela porta grande como embaixador da Mulumba junto da União Europeia. A sua relação com a alemã conquistou o mérito de constar nas capas de jornais do mundo. Maldosamente, comentava-se nalguma imprensa cor-de-rosa que Xipululu era um milionário do terceiro mundo, um masoquista camuflado, que se satisfazia sempre que fosse ultrajado fisicamente pela amante Troika. Por seu lado, da loira alemã dizia-se que sabia marcar a sua presença de forma impetuosa, muitas vezes agredindo a relação do político com os seus pares devido às exigências que vivia impondo. E ele, político calejado, emocionalmente comprometido com aqueles atractivos da amante pouco afeminada, via-se forçado a satisfazê-la, pondo em causa a estabilidade no seu lar, forçando os membros do seu agregado familiar a fazerem cedências nos seus gostos e gastos.

Há muito a esposa, dona Mestiça, desconfiava da existência de uma Troika, sabendo inclusive da autoridade que exercia sobre o seu Zuão Xipululu. Já havia feito reivindicações, acesas discussões e brigas de casal, contando quase sempre com a cooperação dos seus enteados, outros prejudicados pela relação extraconjugal do seu pai.

Entretanto, lá estava o político que volta e meia se ia reabastecer na amante. Meio vencida, dona Mestiça deixou de se importar com a tal da Troika.

— Não vou mais me arreliar. O amanhã é que irá determinar o futuro dele com aquela foca desfocada — disse certa vez Dona Mestiça para si mesma, mas em tom audível.

Xipululu sorriu. Estava feliz. Os encontros com a Troika tinham esse efeito sobre ele. Com a alemã, aprendeu a perturbar até o vento. Transformou-se num indivíduo ardiloso, cauteloso, astuto, maleável, imprevisível e sisudo. Enfim, tornou-se político.

O Introcável acompanhava a marcha lenta do trânsito e ia reflectindo também sobre o seu percurso político, feito na proporção duma ascensão por escada:

— "Subi por etapas, vindo de baixo para atingir o topo. A minha careira militar serviu de trampolim para a projecção política. Ainda assim, não saltei degraus" — Gabava-se falando de si para si.

Xipululu dizia bastas vezes que por mais longas que sejam as pernas, há passos quase impossíveis de serem dados.

— Para ascender, quantos conseguem, numa única passada, ultrapassar vários degraus?

Mas Zuão Xipululu também estava consciente que no sentido descendente este problema não se punha. Havia exemplos de políticos que desceram vinte ou mais degraus num único passo. Uns caíram estatelados com a estrondosa descida, mas outros tombaram de pé e de pé permaneceram no clube associativo dos ex-dirigentes. Assistiu à derrocada de muitos políticos ontem promessas. Mais do que o ostracismo, notava a angústia por serem relegados a ocupações deselegantes, com funções ficcionadas: director para assuntos institucionais; ministro para assuntos internacionais; adjunto do Vice-Primeiro-Ministro sem pasta, etc. Com estatuto, regalias e salário invejáveis, mas muito longe do poder real e da maquinaria que movia o país.

— "Quem sentiu o cheiro do poder não se satisfaz com estatutos e regalias da pimpa!" — defendia.

Na sua memória de militar da contra inteligência treinado para arquitetar, mutilar e destruir psicologicamente adversários, Jamais esqueceria a má sorte do então Primeiro-Ministro da República. Eleito num disputado pleito a secretário-geral do PIM-PAM-PUM, a sua ascensão a chefe do governo da RUM foi praticamente a confirmação da sua popularidade. Aos seus maiores apoiantes, um ambicioso general na reserva e um astuto político de reconhecida competência, retribuiu com companheirismo e competente acomodação: ao primeiro entregou a presidência da Câmara Municipal da Giba e o segundo foi presenteado com o cargo de secretário-executivo do Comité Decisório do PIM-PAM-PUM. Na verdade, passaram exactamente a segundo e a terceiro homens na hierarquia política do país.

Desde cedo, assim que iniciaram as funções nos respectivos cargos, se percebeu a apetência pelo poder do general e a sua ânsia de fama. Presidente da Câmara Municipal parecia tão pouco comparado às suas aspirações!

Num clima parecendo enredo de novela mexicana, contra o Primeiro-Ministro surgiram na imprensa e nas redes sociais denúncias de usurpação de poder; desvio de fundos públicos; nepotismo, branqueamento de capitais; cópias de documentos altamente classificados, alguns deles adulterados ou forjados, indiciavam certa fuga interna de informação.

Secretamente, Xipululu foi orientado a descobrir a toupeira. Mexe daqui, espreita dali, na habilidade e truques apreendidos nos duros anos de serviço de inteligência militar, não demorou a chegar ao ardiloso general, que até se expunha sem receio na sua regular intervenção pública. Sobre as suas conclusões, informou o seu chefe, que decidiu convocar um encontro restrito no PIM-PAM-PUM para manifestar o seu descontentamento pela atitude oposicionista do seu então delfim.

— Porquê a perseguição, se até és o meu braço direito? — perguntou o então número um da RUM, dirigindo-se ao seu detractor.

— Porque com o senhor o País regrediu; as assimetrias aumentaram de forma inimaginável, o partido caiu num descrédito total! Estas não são razões para o senhor deixar o poder? — questionou o golpista.

— Não interessa certamente falar das famílias que saíram do nível de pobreza extrema e passaram a beneficiar de cesta básica regular; dos desfavorecidos que passaram a ter até curso universitário, das chamadas minorias que recuperaram a sua dignidade, ou do respeito que conquistamos no mundo pelas nossas políticas de promoção social, de valorização do emprego e de mão de obra qualificada? Interessa sim responder aos seus anseios e a compromissos inconfessos que celebrou com potências mundiais. Ou não é isso?

A discussão prolongou-se. No final, houve uma moção de censura contra o general que liderava o golpe palaciano e hurras ao líder do partido.

Mas já era tarde. Toda a máquina montada já condenava o governante no tribunal da opinião pública. Culpado, corrupto e ponto final. Não se esperou que o amanhecer trouxesse o véu da concórdia e reconciliação para encobrir o tom azedo das divergências entre as duas principais figuras do PIM-PAM-PUM e da RUM. E assim nasceram as alas e as primeiras manifestações indiciando um golpe palaciano.

Amores, ódios e simpatias faziam parte da ementa dos partidários, que aplaudindo e comungando para as câmaras, microfones e objectivas de alta-fidelidade, mostravam o afectivo desamor agudizado pelo extremismo das alas. Afinal, sorrindo e partilhando bonanças, odiavam-se com afeição.

Apercebendo-se de um provável desfecho à Jesus de Nazaré, Xipululu instalou-se sob o muro. Nem Simão Pedro, nem José de Arimateia. De pé, sob os flancos que se flagelavam sem urbanidade, procurando não ser atingido por nenhum petardo, permaneceu na sombra, nem apoiando nem discordando com nenhum dos antagonistas.

— "O poder protege quem o exerce, e não quem o exerceu" — filosofava sempre. Daí a necessidade de se manter entre os grandes. Não por ter rabo-de-palha, mas porque os efeitos colaterais são sempre imprevisíveis quando se elimina um líder. Os seus mais directos seguidores raramente saem ilesos.

Mais forte, o Presidente da Câmara Municipal da Giba influenciou a movimentação de um novelo judicial que abalou a convicção da impunidade do seu chefe no partido. Nem valeria mais a pena apelar-se a presunção de inocência. Apurado em tempo incontável e na sequência de diligências, o Procurador-Geral da República juntou provas que nada provavam, e o Juiz do Supremo Tribunal de Justiça decidiu a favor da detenção do Primeiro-Ministro da RUM.

Antes, para que o caso fosse consumado, e para respeitar a Constituição relativa às imunidades dos membros do Governo, o Parlamento Republicano reuniu de emergência e autorizou o levantamento das imunidades. Tudo isso num curto período, não superior a três dias, altura em que o governante se encontrava num encontro internacional organizado na sede da Unesco.

No seu regresso à pátria, o Primeiro-Ministro da RUM, e então secretário-geral do PIM-PAM-PUM, num clássico golpe de Estado, acabou detido à saída do avião, indiciado por crimes de antipatriotismo, corrupção, fraude fiscal, tráfico de influências e branqueamento de capitais.

Os que maquinaram a sua desgraça, com o patrocínio do já senil secretário-geral vitalício do partido, alegaram que a sua detenção se fazia necessária para que ele não perpetrasse alguma fuga, nem perturbasse as investigações em curso.

Algum bom samaritano ainda o alertou, em Paris, sobre o que lhe estavam a preparar. Duvidou.

— Eu sou o chefe de Estado. Tenho poderes e imunidades. Além disso, o povo me adora! — respondeu confiante, com um largo sorriso.

Não poderia acreditar em tamanha cabala. Foi o seu pecado. Todos os órgãos de comunicação social, bloguistas e mais alguns indefinidos projectados nas redes sociais, lá se fizeram presentes para registar aquele inédito acto de detenção do número um do governo da Mulumba.

— A liberdade deixou de ser um bem supremo. Qualquer alegação é suficiente para se coarctar a liberdade de alguém! — terá afirmado a dado momento o seu advogado de defesa.

Em acto público, as algemas colocadas prepotentemente sobre os seus pulsos, receberam igualmente o testemunho de uma solitária formiga, com antenas afinadas e o ponteiro visando o horizonte. Corria inocente o pulso do assustadiço político.

Quem tal acto engendrou, mesmo por poucas horas, conseguiria sepultar, também, o promissor futuro político do humilhado líder da República Unida da Mulumba. O Presidente da Câmara Municipal da Giba, que liderou o golpe, assumiu interinamente o poder do partido e, por força disso, também do governo.

Eleições de emergência foram marcadas para legitimar o poder, não sem antes inventar novos cargos e exonerar e instaurar processos crimes contra apoiantes inconfessos do deposto chefe do governo, tudo para compensar os da sua cúpula.

Num dos seus raros pronunciamentos públicos, o Presidente da Câmara Municipal da Giba, cabeça do golpe, disse:

— Estamos a começar a destapar este enredo anti nosso país. Começámos por pegar a cabeça da serpente. Parte do corpo ainda se encontra fora do nosso controlo e os serviços judiciais e judiciários estão atentos às suas movimentações. Não vamos regressar às trincheiras, nem tolerar mais flagelamentos contra o nosso amado país. Quem nada tem a temer, pode regressar descansadamente. Mas os que beliscaram os pilares da soberania, do bem-estar e do erário público, estes devem temer, pois a sua detenção vai acontecer tal qual a que acabámos de testemunhar: a saída do avião, já a partir daqui, do Aeroporto Internacional da Giba.

Esse golpesco episódio reavivava-lhe uma velha discussão. Xipululu questionava se não se deveria discutir os direitos ou garantias pós-cargo público. Depois do exercício do cargo público, havia muitas vulnerabilidades para os então dirigentes. Até pensou: "Se os Presidentes dos Conselhos de Administração das empresas públicas são pagos a peso de ouro para conduzir a bom porto à sua nau, por que razão os detentores de cargos políticos têm de ser pagos a peso de banana e sorrir a esquemas para comprar dignidade, vaidade, identidade e boa vida? Ora bolas...". Por isso, como um bom bailarino que acentua o seu corpo e passos ao ritmo de cada música, ia sobrevivendo no Comité Decisório do PIM-PAM-PUM, mesmo sem cargo no governo. E mesmo sem ser pago a peso de ouro. Ser deputado, embora pouco, mas já lhe bastava. Por enquanto.

— "Um passo bem calculado pisa sempre mais firme que um pé bem calçado!"

Assim sustentava o seu conforto, porque no exercício de subir degraus foi conquistando aliados de ocasião, adversários crónicos, inimigos viscerais, amigos de estimação e cegos serviçais.

O tempo voava. O andar de cágado velho da colossal fila de carros à sua frente, na craterada estrada, não o impediu de cruzar as várias avenidas de acesso ao condomínio onde vivia com a família, cuja cercania parecia pretender imitar o finado muro de Berlim, este separando um suposto povo de Israel abençoado de palestinianos desassossegados. Bateu à porta e a sua esposa de bibelô, com corpo de porcelana, abriu-a.

Estava exuberantemente sexy, com o colorido vestido de cetim seguindo a curvatura do corpo. E mesmo diante do ansiado, mas inesperado, regresso do esposo, beijos e abraços foram evitados para que a máscara pastosa grudada no rosto de dona Mestiça fosse preservada. Nos prazeres mal consumidos, ficaram-se pelo "oi, amor!". Assanhada e sempre artificialmente muito eficiente, aquela escultura que se movia na casa como uma mobília brilhante e decorativa, estendeu-se no sofá e, com duas rodelas de pepino sobre os olhos, foi disparando novidades ao esposo recém-chegado, antes mesmo de este ajustar o pachorrento traseiro na poltrona.

— Querido, o Madruga Bompapo comprou uma casa no projecto Paraíso. Sabes, a Marisa de Freitas Van Mello? Aquela siliconada! Dizem que mandou comprar um bruto tubarão com o dinheiro que o amante deu p'ra viajar em tratamento dos quadris. Mas não é ela que conduz o carrão, não! Entrega o volante a um rapaz que dizem ser o bombeiro dela. — Calou-se, engoliu a saliva e, como se se tivesse lembrado de algo fortuito, acrescentou — Ah, querido, já me ia esquecendo: o secretário-geral do partido ligou e mandou dizer que foste exonerado ontem.

— O quê????

Zuão Xipululu demorou algum tempo para sorver a informação. Um eficiente cadeado impedia a notícia de chegar ao seu siso. Aos poucos foi tragando a má novidade. Entrementes, muita coisa passou pela sua cabeça: "Tantos anos de dedicação ao partido, e aquela seria a recompensa? Seria, também, ele um novo utente do clube associativo dos ex-dirigentes?".

As suas reflexões foram interrompidas pela estridente voz de dona Mestiça:

— O general avisou que o teu substituto é um jovem com carreira promissora, até porque é filho do secretário-geral vitalício do partido. Olha, querem-te lá para desamparares a ex tua sala. E o quanto antes!

Admirava a forma lunar como a companheira encarava a vida. Virou-se para ela e olhou-a como se a tivesse visto pela primeira vez desde que entrara, e a nostalgia sublevou-se, lembrando-se da sua primeira esposa, a do Maquis, que teria lançado um impropério a quem ousasse destituí-lo do que fosse. Flagelou-se pela sua ingratidão para com a mana Escurinha, mãe dos seus dois únicos pimpolhos. Condoeu-se ainda mais porque dona Escurinha foi preponderante na sua salvação quando sobre si caíram acusações de ser agente duplo devido ao seu envolvimento emocional com Troika, tornada amante ainda na vigência da mãe dos seus filhos.

Passada a euforia da revolução, os novos tempos renovaram a necessidade de investir numa parceira mais perfilada ao seu portefólio político. E mana Escurinha, a do Maquis, foi politicamente sacrificada. Portanto, nada de saudosismos e ressentimentos, mortificou-se. Ainda assim, queria culpar-se pela escolha da agora sua senhora, mas não conseguia.

Dona Mestiça continuava a ser útil para a sua progressão política, pelas relações dela com o jet set e por pertencer a uma tradicional família de Giba. Precisou de auto-consciencializar-se que era de sua natureza política utilizar os outros como degraus numa escada de poderes que levaria ao trono. Sempre sentira nas suas entranhas uma mistura de aranha com águia. Tinha pena de si. Que sina! De novo, a voz desgovernada da sua esposa convocou-o à realidade, onde um desastre poderia estar prestes a acontecer consigo. Bom, poderia a dona Mestiça ter escutado mal. Havia essa ilusória consolação.

— Querido, ficaste mudo?

— Disseste que foi o secretário-geral que ligou? O general mesmo? — Perguntou, como um engenho automático programado para fazer perguntas retóricas, apenas para não ficar calado.

— Sim, foi ele! Ligou para saber como estávamos aqui em casa e depois disse que convocaram um congresso extraordinário, que elegeu um novo Comité Decisório — e notando pela primeira vez a expressão de desalento na voz do esposo, atirou: — porquê o espanto, amorzão?

— Por nada. Só não esperava essa atitude dos companheiros do meu partido. Apunhalarem-me pelas costas enquanto estava de férias. Por isso é que o pastor Sambwambwa não vai de férias nunca, nem aceita as missões de serviço fora do país. Agora compreendo! Bem que alguns irmãos do partido me chamaram a atenção. E eu, parvo!... Percebo agora que o secretário-geral nunca me viu com bons olhos, aquele berdamerda. Também, desde que soube que eu te tinha engravidado, azedou as relações partidárias comigo.

— Afinal, ele ficou triste com a minha saída? — Questionou dona Mestiça, deixando na voz um rechonchudo tom de orgulho feminino por se saber tão cobiçada.

— Não interessa agora... — atirou em resposta seca, não sem antes lembrar a forma como passara a perna ao seu superior hierárquico ao desposar a sua secretária mais vistosa, atractiva e, diziam as más bocas, amada amante.

Noutras ocasiões teria feito um escândalo por ele continuar a ligar para a sua esposa na sua ausência. Pelo envolvimento afectivo que houve entre os dois, Zuão Xipululu desconfiava inclusive do que teriam realmente conversado ao telefone; ou se não se teriam encontrado para reviver algum passado. Mas o momento recomendava outro tipo de atitudes. Aliás, estava consciente de que o homem se casa também com o passado da companheira, herdando todo o fardo emocional que isso acarreta. Por isso, ter ou não sido amante do líder do seu partido pouco ou nada valia lembrar. Pelo contrário. Na sua memória, avivaram-se momentos de glória de macho.

Apaixonou-se como um colegial por dona Mestiça, a solteira mais cobiçada de Mulumba. Mesmo abreviada na inteligência, outros atributos transformaram-na numa das mulheres mais desejadas na República Unida da Mulumba. Neta de um histórico nacionalista, descendente de uma tradicional e respeitada família de Giba, filha única de um dos homens mais ricos do continente e louvada por volumosos apetrechos femininos, ajudava a compreender por que razão atrás dela andasse um cortejo de homens sedentos de quase tudo, nomeadamente amor, sexo, dinheiro, poder e visibilidade.

Mesmo não sendo o modelo de homem fisicamente atraente, foi de imediato correspondido por dona Mestiça, na altura assistente particular do general, o secretário-geral do PIM-PAM-PUM e, nas horas semimortas, com o estatuto oficioso de amante do chefe. Depois de competentemente atingida pelo sémen do Introcável, e por força de uma gravidez de alto risco, dona Mestiça viu-se obrigada a abandonar o emprego. Na ocasião, houve um alvoroço em pequena escala provocado por colegas de Xipululu no partido. Sentiam a falta dela, não pela sua eficiência, diziam, mas pelo prazer que proporcionava aos homens, que horas a fio permaneciam na sala à espera de algum paleio com o chefe. Outros até fingiam querer tal encontro só para a ver e cortejá-la. Não interessava tanto se as conversas redundassem em ideias quase sempre sem nexo ou se o computador na sua mesa desconhecesse o on. A verdade mesmo é que dona Mestiça preenchia o chá de cadeira dos ocupantes da sala de espera com as suas passagens provocantes, rebolando coxas e ancas, cruzando pernas, gesticulando gulosamente lábios carnudos e olhos amendoados, baixando, elevando e levantando os seus apetecíveis volumes aos ávidos e inflamados faróis de varões incapazes de negligenciar compromissos com a viril masculinidade. No exagero da competência, aprendeu a fazer dançar a saia ao ritmo do gingar dos arredondados tecidos flácidos do corpo moldado por múltiplas dietas e horas passadas no ginásio, ampliando ainda mais o campo de admiradores. Dona Mestiça chegou a ser nomeada diva da beleza. Em surdina, houve alguma contestação social pela vulgarização do termo e pelo facto de, naquela conjuntura, se estar a coroar com cereja certas figuras públicas que mais não faziam senão desregular a moral e a ética. Ofendiam e, no meio de tudo, roubavam, snifavam, liambavam, andavam cuecadas ou com quase tudo ao relento, e ainda eram aplaudidas. Não era o caso de dona Mestiça, embora tenha acabado também posta no enxovalho e difamação duma imprensa virulenta nas palavras. Mas o sabor da prenhez teve duração efémera.

Para infelicidade do casal, tratava-se de uma gravidez ectópica, tendo provocado a remoção cirúrgica do útero, anulando totalmente a possibilidade de dona Mestiça voltar a engravidar algum dia. E pela religiosidade da sua tradicional família, ficaram abortadas as hipóteses de recorrer à fertilização in vitro e providenciar um bebé de proveta. Ainda assim, não morreu a relação do casal sem herdeiros. De todos os flancos vinham sopapos directos, mas Zuão Xipululu retardava o seu nocaute, mantendo-se intransigente, nem se importando em ser alcunhado de monstro, em alusão ao tradicional conto de Villeneuve, A Bela e o Monstro.

Após anunciar publicamente o seu noivado com dona Mestiça, por meio da imprensa cor-de-rosa, Zuão Xipululu mereceu veladas críticas dos seus pares políticos. Durante as reuniões do partido, o assunto era agendado para ser analisado nos intervalos. Também os pais dela desgostaram e decidiram congelar o investimento na filha, trancando os cartões de crédito.

— Esperávamos de ti muito mais, minha filha! Esse aí não vale nada. Não aprovamos essa tua relação com esse bófia que estragou a vida de muita gente. — ouviu dona Mestiça do seu pai.

Mas o amor superava as necessidades financeiras e isso também não abalou o casal. O cume das críticas emergiu com o posterior casamento de tão prendada moça, de idade ainda donzela, com o cinquentão e membro sénior do PIM-PAM-PUM. Xipululu passou a ser visto como desmancha-prazeres, porque conhecia, de antemão, um código endógeno regulador dos machos:

— Há mulheres que devem ser galanteadas a vida inteira e, para isso, precisam de ser, aos olhos masculinos, belas e solteiras eternamente!

— Não interessa agora — repetiu inusitadamente e ainda a pensar na sua vitória pessoal por ter sido o seleccionado da dona Mestiça, a mulher mais desejada que alguma vez circulara pelo edifício sede do PIM-PAM-PUM.

— Então me diga uma coisa, meu bem: a nossa vida vai mudar?

— Não, querida. Como sempre disse, eu já esperava que um dia me fossem colocar na prateleira e, por isso, preparei-me para que nada nos faltasse caso isso viesse a acontecer. Tenho tudo sob controlo!

— Os convites, convívios sociais e partidários, viagens, tratamentos nos salões de beleza ...

— Nada disso nos vai abalar. Não é por deixar de ser dirigente que o mundo vai desabar. Fica descansada, filha. Ainda tenho influências de alto nível nas estruturas directivas desta Mulumba!

— Bem, não entendi bem isso, mas parece estar tudo bem mesmo. Mas, olha querido, deixa-me contar-te a nova mania das filhas do presidente do conselho de administração do...

Zuão Xipululu já tinha desligado as duas parabólicas, abandonando a sala sem que a sua senhora percebesse. Ela continuou a falar, a falar, a falar. E ele, recolhido e encolhido no quarto, abriu o altifalante para soltar dos pulmões o choro contido. Bradou de raiva, espumou de ódio e jurou que levaria do gabinete tudo. Absolutamente tudo. Fechado no quarto, o seu pensamento foi invadido por lamentos, pelo facto de ter uma esposa robot, que mal conseguia perceber as consequências trombosianas provocadas pela transmissão de uma má notícia sem os devidos preliminares. Mesmo o seu choro, embora alto, não conseguiu perturbar a esposa, ocupada no doméstico tratamento de beleza.

A quem ligar para desabafar? Amigos, camaradas, irmãos e companheiros? Nem pensar. Concluiu. Dos familiares também não poderia esperar consolo. Certamente iriam rir-se dele. Nunca estava disponível para participar em encontros familiares. Estava certo que mandava as suas contribuições para a organização dos eventos, como óbitos e pedidos, mas partidárias e outras reuniões sucessivas comprometiam as suas aparições em família. Sabia que diziam: "Um dia vai arrepender-se por não dispensar mais tempo à família e amigos!". Mas tinha um ciclo de relações que consumia o seu escasso tempo de dirigente. Chegou inclusive a ser criticado por não ter imitado os seus companheiros que se aproveitavam dos cargos para promover as suas respectivas famílias. E ele nada. Ainda assim, não escapava às críticas da sociedade que lhe imputava vários actos de desvios e corrupção activa.

Um dia, em conversa com o seu filho mais novo, num raro momento de desabafo, disse:

— Meu filho, se as pessoas soubessem os sacrifícios consentidos para honrar o cargo e as promessas, certamente teriam desistido de lutar para cá estar. Não digo que isso não contagia, porque o poder é mesmo bom e poderoso. Mas vê quantas vezes deixei de ir às reuniões de notas na tua escola, à praia convosco, às festas? Ou porque o pai está numa reunião importante — como se não fossem todas — ou não pode expor-se publicamente. Vês o calvário que carrego, e ainda assim sou enxovalhado em praça pública, nas redes sociais ou pela imprensa?

E na ausência da doce dose de contrapartidas, vinham agora informá-lo, por telefone ainda mais, que tinha sido exonerado?! Que desgraça! Que grande desgraça deixar de ser dirigente, lamentou-se.

Depois de incontáveis tempos de reflexão, decidiu finalmente atravessar o deserto, sonhando ainda em chocar com algum oásis político, como um cargo de alta responsabilidade dentro duma outra esfera de importância estratégica para o partido.

Na passada, e sem qualquer saudosismo, a sua memória foi de novo convidada a trazer cá para fora momentos áureos do seu posicionamento no PIM-PAM-PUM. Mesmo contra as aspirações de muitos, as suas opiniões tinham valor de urânio: quando seguidas, o partido somava pontos, e quando ignoradas, o partido perdia pontos. Assim, tal e qual. Lembrou-se das forçadas mexidas que haviam sido feitas no governo, no início do primeiro mandato do general, em que foram atingidas estruturas das direcções do partido e do governo no sentido de emagrecer as despesas financeiras e imprimir maior dinamismo na execução das tarefas e programas constantes no caderno de encargos apresentado aos eleitores aquando das eleições gerais. Na ocasião, em plena reunião do Comité Decisório do PIM-PAM-PUM, apoiando-se no papel de actuário — como especialista em avaliar riscos —, Xipululu atreveu-se a sugerir a extinção de alguns departamentos e ministérios.

— Estás a sugerir isso em sã consciência? Tens noção exacta do que estás a dizer? Ó camarada, e onde é que vais acomodar o companheiro Marcelino Mbemba? E o filho do general Progressão ou o herdeiro da família Alves Terra? Pensas que não estamos preocupados com isso? Olha que pode até parecer que tens algum problema pessoal com o jovem Pedro Muloji, sobrinho do ministro sem pasta!

— Ouvindo as ideias descabidas deste nosso Introcável, percebo que há pessoas que querem anular a paz. Mas cuidado, porque o Dr. Xipululu pode não estar preparado para a guerra que está a convocar! — Ouviu-se no fundo da sala um corpulento homem de voz trombando como trovão, que provocaram alguns risinhos chacoteando o Introcável.

— Oiça lá, Eng.º Salmão Alves Terra, que cena é essa de paz e guerra? O senhor que andou na estranja, no tempo da guerra, sabe lá o que é isso? O senhor, que é um dos maiores esbanjadores que incompreensivelmente o partido protege, está a falar o quê? Não me obrigue a falar o que nunca pensou ouvir! — Defendeu-se com alguma virulência o Introcável.

— Meu caro Introcável, a próxima vez que se dirigir...

— Atenção caros presentes: é importante não criar clivagens partidárias e privilegiar a harmonia. — Interrompendo Salmão Alves Terra, a intervenção oportuna do secretário-geral do Partido e, cumulativamente, Primeiro-Ministro da RUM cortou o bate boca que se avizinhava entre os dois antagonistas. E avançou: — Há interesses sobre os quais o meu mano Xipululu não pode pisar!

— Esse camarada tem quê contra mim? — Reagiu tempestivamente Marcelino Mbemba na altura — Nunca lhe fiz nada e agora quer me extinguir?! O meu ministério por acaso está a incomodar alguém? Aliás, eu tenho lá muitos familiares de companheiros que me pediram para os acomodar, e agora vou ser extinto por isso? Ora bolas…

— Vê-se que esse irmão Xipululu ainda tem fome! É um esfomeado e pronto. Gajos assim merecem ser julgados no tribunal tradicional, onde não existe escrivão, nem advogados. Só o juiz, as suas mixórdias e a sentença para acabar com essa banga.

— Pronto. Assim mesmo, esse mano já fumou a liamba dele e agora está a lançar essas ideias de comunista ultrapassado pela direita.

Com esses comentários, vindos do fundo da sala, ditos de bocas em cotovelo e cujos autores nem foram identificados, vieram as gargalhadas que tomaram conta do espaço, até que o martelo do presidente do acto serenou os ânimos, quase todos eles a desfavor do Introcável.

— Parece até fiticero, esse senhor! — Reagiu prontamente a responsável do Conselho das Mulheres do PIM--PAM-PUM.

— Fiticero não actua assim despreparado. Isso é atitude de kimbandero sem juízo; de pessoa que quer almofada humana para descansar no poder dele! — Atirou Dona Maria Congregadora, uma das oito mulheres de um dos líderes fundadores da RUM.

— Meus irmãos, prestem atenção ao nosso mano Xipululu, porque pode ter alguma razão. — Falou o responsável pelos veteranos da guerra contra a monarquia, o único até aí a favor do Introcável. — E, camarada Xipululu, como teu mais-velho aconselho-te a ter mais prudência e cautela. Olha que há aqui muitos bruxos. Podem enviar-te uma onda. Podem fazer-te almofada de cobra, ou põem uma mina no teu caminho e tás paiado, pá. Ouve o teu mais-velho que muito te aprecia.

— Com a vossa permissão, camarada secretário-geral e distintos irmãos e colegas! — Protestou Zuão Xipululu depois de lhe ser dada a palavra. — Antes permitam-me agradecer ao sempre jovem comandante Xico Giba, nosso mais-velho, a quem devo muito e cujas palavras mostram que a velhice está na cabeça dos que se deixam envelhecer. Meu kota, és um exemplo a seguir e obrigado pelo conselho, pois vou ficar atento aos bruxos e filhos de bruxos presentes entre nós.

— Quem é o bruxo aqui? — Perguntou exaltado um soba todo aperaltado, levantando o seu cajado em direcção ao Introcável. — Me mostra que eu lhe ponho já no buraco dele!

Ignorando por completo a autoridade tradicional afamada pela quantidade desmensurada do seu harém, Xipululu continuou:

— Meu General, quanto aos reparos dos meus idílicos companheiros de bandeira, relembro que só apresentei esta sugestão por achar que são órgãos que podem ser acoplados noutros, e estou a falar em órgãos, não nos seus titulares, que podem ser acomodados nas empresas do Partido. Não tenho nada contra os titulares de tais órgãos, que fique claro isso, até porque tenho velhos companheiros de trincheira e outros de carteira entre eles. Nos órgãos tenho lá sobrinhos, que eu próprio pedi as suas integrações. Portanto, não se trata de questões emocionais, mas meramente tecnocratas. Se há excedentes temos de cortar de algum lado!

— E eu é que sou já o excedente...? — Reagiu novamente o mais velho Mbemba.

— Esse mano Introcável está a desforrar-se porque no tempo de guerra eu autorizei o desterro dele para a região militar do Feitiço. Mas se é homem de verdade, a bofetada dá a mim e não no meu filho, que é o tesoureiro do Ministério que queres extinguir.

— Eu não lhe admito, general Progressão. Não admito calúnias. Não é mesmo o general que anda por aí a difamar que foi graças ao desterro que fiquei rico? Pensa que não sei que o senhor contribuiu para muitas das minhas desgraças só porque não concordei com o seu casamento com a agora minha falecida irmã? Acha que não sei que a maltratava? Acha que se eu quisesse desforra já não o teria feito? Esqueceu-se de que o seu filho é meu sobrinho, porque é também o primogénito da minha irmã? Pensa que não sei que, como homem, só lhe resta a barba e as calças vazias? Não me obrigue a desflorar as suas macaquices aqui em pleno encontro partidário! Ora bolas…

— Ouve cá, seu merdas…

— Silêncio, irmãos! — Pediu o secretário-geral perante as risadas e conversas paralelas que se faziam ouvir na sala. No intuito de secar os desconcertos verbais, o presidente do acto aligeirou: — Caro general, penso que as questões familiares devem ser discutidas em fórum próprio. Aqui vamos pensar no país. E então o camarada Xipululu me responda onde é que, de concreto, vamos acomodar os titulares dos órgãos que está a sugerir uma plena e total extinção? Me fale! Onde? — Questionou. — Estou aberto a sugestões, mas que não me venha cá com ideias de retaliação mano Xipululu.

— Mais uma vez, e com o vosso respeito e admiração, camarada secretário-geral e distintos irmãos, acho que não me estão a compreender. O que digo é pelo bem do partido…

— … Por melhores que possam parecer as sugestões, elas pecam por negligenciar primados do equilíbrio do poder. Há um conjunto de compromissos políticos que o partido assumiu com famílias tradicionais, igrejas, sindicatos, sociedades secretas, grupos associativos ou económicos, etc. O equilíbrio e manutenção do poder também dependem disso, irmão. Um único tijolo que o senhor pretende tirar desse edifício pode fazer desmoronar tudo aquilo que a vossa tecnocracia quer ignorar. Não se pergunta por que razão aqui nesta Mulumba não há manifestações populares ou insurreições anti nosso partido ou anti governo?

— Se me permite, senhor general, também temos compromisso com os orçamentos e com a liquidez, que não mentem, nem fingem. Sabe que pode e sempre poderá contar com o meu apoio. Se eu não colocar aqui, neste conselho, essas questões, estaria a ser cúmplice de algum problema que isso poderá vir a provocar na vossa governação, senhor General! Mas já repararam na nossa dívida pública? E na externa? Estamos preparados para depois enfrentarmos algum resgate de dívidas e as medidas de austeridade que seguem na mesma carruagem? Estão preparados para dormir sob vigilância do FMI, do Banco Mundial ou de outras menos simpáticas instituições financeiras mundiais? Meus caros, podemos criar colapsos se não respeitarmos um outro necessário equilíbrio: as despesas não podem continuar a ser superiores às receitas...

Este diálogo, parecendo uma ousadia imensurável de Xipululu, exaltou ânimos na sala e os seus companheiros chegaram a pensar que fosse sua intenção rivalizar com os outros. Questionaram até a sua militância, pois atreveu-se a adversar com o chefe em plena plenária. Por isso e por muito menos, preferiram ignorar as sugestões do tecnocrata, mesmo devidamente fundamentadas.

No calcorrear do tempo de gestão do executivo, a sociedade crítica e a oposição parlamentar não demoraram a questionar a não execução de projectos vitais por pretensa falta de liquidez, e veio então o fogo amigo do grupo parlamentar do PIM-PAM-PUM bombardear o próprio partido por fazer despesas exageradas com órgãos que não justificavam a sua existência. E, mais uma vez, Xipululu tivera razão, para enxovalho dos seus detractores.

Na ocasião, vivia-se um tempo em que se reconhecia as qualidades de Xipululu dentro do PIM-PAM-PUM, não havendo aí estratega maior e de maior prestígio e respeito a nível internacional. Não foi à toa que ganhou o apelido de Introcável. E o seu alento residia aí, pois muitos camaradas seus não o conseguiam tragar pela sua forma muito directa e descarada de atacar os factos. Mas, enfim, o partido precisava muito dele. E os seus membros dirigentes também. Mas isso foi ainda num tempo remoto em que a sua posição no partido parecia inquestionável. Agora, parecia que o clima político tinha mudado e, pelas palavras de dona Mestiça, o presente poderia estar a dizer já outra coisa.

Visivelmente abatido, com olheiras alongadas, dirigia então o carro para o centro da cidade onde imponentemente morava o edifício sede do PIM-PAM-PUM. No pátio, ficou com a nítida impressão de que todos se riam da sua desgraça. Os que, por infelicidade, casual ou propositadamente, o evitavam, eram os piores, porque já não o queriam nem como amigo. Assim julgou. Aliás, nada por si desconhecido. Lembrou-se de alguns companheiros seus, exonerados das suas funções e que, na ressaca, acabaram por cair em desgraça. Outros não eram, nem ao menos nos óbitos, mais convocados ou vistos, e quando apareciam em velórios, eram evitados tal qual o gato fugindo da água.

Não se lembrava bem do nome do secretário distrital do PIM-PAM-PUM que ficou maluco quando anunciaram a sua exoneração do cargo de vereador do Feitiço. Como saiu quase como entrou, materialmente negligente e deficiente, sem ter tido inteligência de apoiar amigos e parentes nos distintos projectos que a sua administração liderou, quando os seus irmãos tomaram conhecimento, foram unânimes:

— Bem feito, cabrão!

— Agora quero ver a quem vai ele pedir sal e fósforos!

— Boelo! Mesmo com a faca e o queijo na mão, meteu tudo na sarjeta para passar fome!

— Burro, nem sequer um amigo ou familiar promoveu!

— Mas esse sacana pensou que o poder é eterno?

— Se esse panhonha do meu irmão pelo menos imitasse o esperto do Eng.º Lichado!!...

O tal engenheiro João Lichado, então Director Nacional da Empresa Gestora de Resíduos Sólidos de Mulumba, acusado de promover amigos em detrimento da competência, de viciar concursos públicos a favor de empresas criadas na hora e ligadas a si, quando foi exonerado por reiterado desvio de fundos públicos e tráfico de influências, houve unanimidade em considerá-lo:

— Gatuno!

— Oportunista!

— Imperialista ao serviço do capital!

— Vivaço!

Teletransportava os pensamentos para o espaço de ex-dirigentes, muitos deles hoje ostracizados. Passou-lhe ainda de raspão pela mente o destino do Dr. Leberda da Silva, um seu ex-colega de faculdade, que ficou desempregado quando perdeu o lugar de deputado pelo partido. Ou o caso de Teodoro Lento, que chegou a ser o número três na hierarquia da RUM, quando foi deportado para um município longe do centro do poder, depois de ter vivido verdadeiros instantes de galopante ascensão político-partidária.

A qualquer desses proscritos, tal como se existisse uma orientação invisível, nenhum outro companheiro com funções de relevância partidária, ou que sonhasse com tal estatuto, se atrevia a saudar. Ninguém se atrevia a convidá-los ou a aceitar os seus convites.

Havia ainda aqueles que alimentavam o sonho de um dia regressarem ao palco dos grandes, forçando presença nos pontos de contacto com o poder, como quintais de família, restaurantes de ponta, pomposos casamentos, velórios, footing's em horas e locais nobres. Nesses, as quedas e ascensões eram definidas antes dos despachos. Não escapavam as casas de famosas meretrizes de Giba, onde gente abastada ou fingindo abastança juntava os prazeres do sexo, do jogo de azar e das ambições políticas. Os ex-dirigentes esperavam por um olá, um estalar de dedos ou uma conversa amiga que lhes permitisse explorar e vender ideias e projectos e, com isso, serem novamente catapultados para o palanque do poder. Outros, auto-projectando-se nas entrelinhas, fingiam-se anónimos na imprensa para passarem informações sobre futuras remodelações e intrigas palacianas, despejando suculentas informações apreciadas por jornalistas para fazerem vender títulos. Até disso ele já tinha sido protagonista e vítima.

Ainda confundido com o fantasma do deposto Primeiro-Ministro, e não sendo perdoado por ainda assim continuar a merecer a confiança do general golpista, foi colocado na lista dos homens a abater durante as eleições. Os seus viscerais inimigos, no seu Partido, sabiam que viviam o momento ideal para o derrubar. De todos os flancos enviavam ataques. E ele procurava encaixá-los e convertê-los em energia positiva. No caso, em votos a seu favor e contra os que procuravam extingui-lo politicamente.

Foi nesse ambiente de hostilidades que surgiram as denúncias contra si. Os adversários do partido no poder sabiam

quão importante era a sua figura nas estruturas do PIM-PAM-
-PUM. Algum companheiro seu do partido, ou mesmo um
opositor político, terá levantado vários escândalos contra si.

    A conselho da sua amante alemã, Xipululu decidiu
expor-se na imprensa, seleccionando um jornal para dar uma
entrevista. Seguro de si, aproveitaria para projectar uma imagem difusa, de um político inconsistente para os adversários
e fazedores de opinião, para que pensassem que ele não era
capaz de produzir inteligência. Julgariam tratar-se de um
pau-mandado. Mas para o público real que pretendia atingir,
ficaria a imagem de uma vítima, um pobre inocente que estava
a ser caluniado apenas por ser alguém que ascendeu vindo do
povo. Assim dizia ter aprendido com o sofista Agostinho de
Hipona, o Santo Agostinho, para ele o professor dos mestres
da retórica. Como estratega da campanha do PIM-PAM-PUM,
Zuão Xipululu tinha a possibilidade de aparecer e matar vários
coelhos ao mesmo tempo.

    Numa dessas magistrais investidas, elegeu o jornal
Makando pela sua aceitabilidade entre os leitores menos
esclarecidos, os sem voz própria, mas sob a condição de não
se tocar na questão do vírus que circulava por ali a deformar
as suas vítimas. A entrevista aconteceu poucas horas antes
de partir de férias. Nem sequer esperou que a matéria fosse
publicada. Contava com a oportunidade de a ler na internet. Salvo um ou outro reparo, sentiu-se satisfeito com o

produto final. Aliás, não foi em vão que seleccionou o jornal Makando, um diário generalista que se supunha autónomo e neutro.

Eles, os jornalistas, também se sentiam privilegiados por terem conseguido aquele furo jornalístico, a entrevista com o estratega da campanha do partido papão de todas as eleições até aí realizadas. Na ocasião, a campanha eleitoral tinha iniciado fazia dias. Os representantes dos partidos políticos afinavam esquemas com os seus assessores e conselheiros, com sondagens pelo meio, recorrendo oportunisticamente aos órgãos de comunicação de massa para projectar charme, publicitar glamour, vender sonhos e muitas promessas. Na comunicação social, os profissionais intrometiam-se em furos jornalísticos, com escândalos, revelações e manchetes que correspondessem aos anseios do potencial leitor misturado entre os eleitores, arrastando-os para o moinho de aparentes órgãos tão independentes e isentos quanto manipuladores. Com mais de um século de existência, com alguns processos judiciais em cima, o título Makando foi estrategicamente escolhido, deixando aos mulumbeiros o propósito explícito de somente lidar com makas, das sociais às políticas. Era inquestionável que essa orientação editorial exercia uma grande influência e contribuição na orientação social e política da RUM. O dono do grupo, do qual fazia parte o jornal Makando, nunca escondeu o seu desamor pelo PIM-PAM-PUM. Economicamente de reconhecidos créditos, herdou do seu bisavô a responsabilidade de manter a tradição do órgão e fazê-lo crescer. Com o tempo, evoluiu como uma grande empresa de comunicação, com um canal de TV, rádio, que emitia em frequência modelada e um concorrido jornal digital. A escolha do político não poderia ter sido a mais acertada.

O jornalista a quem coube a responsabilidade de conduzir a entrevista era um entrevistador nato, respeitado na classe, daqueles jornalistas que poucos políticos querem enfrentar, e que o público leitor, ouvinte ou telespectador — inclusive internautas — admiram pela frontalidade. Mas isso dava mais gozo ao Introcável, porque aumentaria a chance de fazer passar a sua mensagem. O seu secretário-geral, e que concorria para legitimar o seu poder na urna como chefe do Governo da RUM, ainda lhe chamou atenção:

— Tens a certeza, Dr. Xipululu? Olha que podemos perder votos se as coisas derem pro torto!

— Tenho certeza que este é o caminho seguro, General!

O homem sorriu. Adorava o título militar. E Xipululu sabia-o. Ainda assim, o general golpista aconselhou:

— Sei que as nossas relações pessoais não são grande coisa por imensos motivos. Mas confio no seu engenho. Desejo-lhe sorte e espero que tudo corra bem, para o bem do partido. É escusado lembrar-lhe que também o vosso futuro depende, em grande medida, dos resultados destas eleições. Vá e cumpra mais esta missão, soldado!

Às vezes, falando como militar, o líder do PIM-PAM- -PUM pretendia exercer uma maior pressão sobre os seus colaboradores. Mas o recado que Zuão Xipululu guardou é o do risco da sua decisão. Não tinha o apoio político do líder. Aliás, raramente tinha. Porém, estrategas como ele não pululavam por aí. Por sua conta e medida, avançou para a entrevista. Aconselhado pelos seus assessores, sabia que tinha de começar por responder de forma agressiva e deixar a defensiva. Também concluíra que com aquele jornalista não poderia ser outra coisa se não sofista.

No diálogo com o jornalista, as ideias fluíram como se o seu sangue fosse a essência da entrevista:

Jornal Makando (JM) — Não poderia iniciar a nossa conversa sem antes lhe colocar uma questão pragmática, que requer também uma resposta pragmática: acha que há condições — logísticas, técnicas e humanas — para que o processo eleitoral, e as próprias eleições em si, sejam transparentes e sem fraude?

Zuão Xipululu (ZX) — Realmente é uma pergunta inteligente, mas é a mim que o senhor coloca essa questão? O que eu acho ou deixo de achar vai mudar alguma coisa? Se eu acredito ou não em Deus vai mudar a fé dos ateus?

JM — Mas há seguidores que são capazes de o seguir na sua fé...

ZX — É normal isso, daí a responsabilidade e o peso das minhas responsáveis palavras. Mas é importante também que se saiba que não estamos a entrar nesta disputa democrática só para vencer, mas também para que os nossos princípios vinguem. Olhe, isso de transparência e fraude é um lugar-comum para os que se preparam para perder. E devo confessar aqui e agora que não é esse o nosso caso. Era isso que queria saber ou há algo suspeito por trás da sua pergunta?

JM — Coloquei a questão ao senhor por ainda ser árbitro e jogador em simultâneo, como estratega da campanha do candidato. Ou seja, não há nada por trás da pergunta...

ZX — Claro que o meu partido pretende dar continuidade ao projecto de governação. Mas, e daí? Quem está no poleiro não pode aspirar à continuidade? E aspirar à continuidade é sinónimo de ter planos macabros e secretos de fraude, caso o seu projecto não mereça a credibilidade do eleitorado? Meu caro, se vamos continuar nesta terra de ravinas, o nosso morro corre o risco de desabar para lados opostos.

JM — Que pensa da actualização do registo eleitoral? Há acusações de manipulação e intimidação de potenciais eleitores no sentido de não se registarem! E dizem que o senhor lidera essa maquinaria!

ZX — Quem acusa quem? E esse que acusa tem provas? É claro que temos de promover a denúncia popular contra os infractores e malfeitores e, se acharmos que há lacunas na lei, vamos criar uma outra para reforçar e aperfeiçoar a actual e forçar os servidores públicos a respeitarem o público. Mas é preciso que haja factos, não meras acusações lançadas ao ar por gente ainda por identificar. Entretanto, também é bom que se diga que as pessoas atiram-se a mim porque os do jet set não foram ensinados a aceitar o filho do povo. Como sabe, sou filho de um camponês e de uma lavadeira. Já fui lavador de carros, engraxador, zungueiro, roboteiro, soldado e se ascendi até aqui onde me encontro foi pelo esforço e dedicação. Sou exemplo de que as oportunidades na vida existem e aqueles meus irmãos que como eu vivem ou viveram dificuldades, podem ter-me como exemplo. Agora, os ricos e tradicionalistas nem sempre encaram bem essas nossas ascensões e criam essas difamações. Felizmente, como filho de plebeus sou bem educado e respondo conforme o meu nível. Mas, era sobre o registo eleitoral que estávamos a falar, ou não?

JM — Sim. Ainda sobre o registo eleitoral, não acha que seria necessário despartidarizar o Conselho Eleitoral Republicano, o CER, para promover a independência e a isenção?

ZX — O CER é independente e apartidário, meu senhor! Casualmente, muitos dos seus dirigentes são membros do meu PIM-PAM-PUM, da mesma forma alguns delegados do CER militam em partidos da oposição. Meras casualidades que nós sabemos discernir. A postura do CER é de credibilidade, como vocês sabem, e a comunidade nacional e internacional confirmam-no. A legislação sobre as eleições, o estatuto do CER e o perfil profissional dos quadros sobrepõem-se aos interesses partidários, clubistas e de bandos. Portanto, o senhor jornalista está a levantar um falso assunto.

JM — As eleições estão à porta e parece-me que o senhor está bastante confiante na vitória...

ZX — E isso é pecado?

JM — Claro que não. Mas deixe-me, por favor, concluir o meu raciocínio, porque ainda não coloquei a questão. Na verdade, pretendo saber com que argumentos pensam conquistar a simpatia e o voto do eleitorado?

ZX — Felizmente para mim e para o meu partido, a ideia subjectiva que norteia a nossa campanha está vestida e revestida de objectivismos concretos, que objectivamos e sempre objectivaremos em bases sólidas na inspiração nacionalista que incide, democraticamente, na verdade federal e no idealismo positivo duma vida melhor para a população. Tudo isso consta do nosso programa eleitoral, embora aqui só tenha tentado trocar por miúdos aquilo que o povo conhece e canta em refrão, fruto do movimento propagandístico que está em marcha, organizado espiritual, material e financeiramente com fundos de contribuintes que sem o partido não sobrevivem neste prisma completamente tridimensionado que é o mundo globalizado.

JM — Para ser sincero, não entendi o que o senhor e o seu partido defendem nesse pacote eleitoral. Pode trocar por miudinhos aquilo que acabou de trocar por miúdos?

ZX — Claro que não iria nem irá entender mesmo, sendo, como sei, um anti-meu-partido. Mas como estava a dizer, pensamos que o progresso social vai atingir um pico que nem mesmo os países industrializados conseguiram. Enfim, o povo terá em nós o caminho viável para o bem-estar social neste território, mais concretamente no nosso rico, belo e inigualável país. Quem se juntar a nós terá a chance única de ser um artífice desse projecto.

JM — E o senhor acredita nisso que acabou de dizer?

ZX — Não só acredito como sou parte dessa crença. O meu amigo não vai acreditar, mas temos uma máquina que está a radiografar a nossa campanha eleitoral e que trabalha com a visão de raios X direccionados aos interesses do povo e da nação. Portanto, não há como não saber o que o povo quer e o que é melhor para a nação. Quem responde a essas necessidades não tem outra alternativa senão assumir o encargo de levar o país ao progresso. E isso só será possível quando ganharmos as eleições que, como disse, está bem na nossa porta. Refiro-me à vitória, é claro! JM — Se tem tanta certeza no progresso que se vai alcançar, o que faltou para não ter atingido o pico do desenvolvimento nos outros mandatos?

ZX — Porque a crise mundial e os interesses geoestratégicos de países vizinhos que cobiçam torrões do nosso, e só do nosso território, promoverem atritos e dificuldades na implementação de programas sociais ligados à saúde pública, educação e habitação, assim como estradas, caminhos-de-ferro, emprego, aumento salarial, dignidade laboral, etc. A dada altura, os nossos projectos tiveram que esperar para que o povo não passasse fome e sede. Há prioridades que não podemos descurar, nem mesmo quando está em causa o nosso bom nome devido ao incumprimento duma promessa nossa feita ao povo da Mulumba.

JM — E que garantias há de que esses obstáculos se vão dissolver agora para atingir o tal pico num próximo mandato?

ZX — Realmente, não posso revelar este trunfo. Mas adianto que há grandes possibilidades de, num tempo quase presente, termos parcerias políticas com os líderes vizinhos muito fortes, e do primeiro mundo acordos particularmente inovadores que vão projectar o país para o grupo dos intocáveis.

JM — Mudando de assunto, senhor, como é que convive com o facto de ser uma figura pública muito referenciada, pelo mal e pelo bem?

ZX — Com excepção do termo mal que o senhor meteu aí para se referir à minha imaculada figura, não me tenho deparado com dificuldades para gerir tal situação, até porque a minha vida é um livro aberto, disponível e acessível a todas as pessoas, desde os letrados aos iletrados. Nada tenho a esconder e por isso ando de cabeça e queixo erguidos. Repito, a minha vida é um livro aberto, em que as páginas oscilam conforme o interesse público e do público. Se alguém a mim se refere maliciosa ou caluniosamente, afirmando que me servi do cargo e não que tenha servido o cargo, simplesmente deixo isso ao critério da sociedade que conhece e beneficiou directa ou indirectamente dos meus feitos, principalmente quando fui ministro.

JM — Mas, que feitos o senhor produziu quando foi ministro?

ZX — Que feitos? Ora, são tantos... Deixe-me ver. Por exemplo, aquele edifício ecológico que foi construído para os antigos combatentes...

JM — Isso não foi um projecto do seu antecessor?!

ZX — Claro, claro. Afinal o senhor jornalista está atento! Mas, voltando aos meus feitos, acho melhor cortar essa pergunta. O público leitor vai perceber logo que é uma tentativa de manipulação de opinião para fins meramente eleitoralistas. Não pretendo alinhar. Não sou narcisista. Repito que não me quero enaltecer. Mas como me parece que estamos a tentar levar a entrevista para um fórum meramente propagandístico, peço-lhe que faça perguntas cujas respostas o público gostaria de ouvir. Por exemplo, sobre aquilo que foi feito com as contribuições fiscais. Isto eu respondo. Sempre fui pela frontalidade e não será agora que me vou desviar. Pergunte sem mácula, caro jornalista, que eu responderei sem receio.

JM — Obrigado pela frontalidade. Já agora, há aquela velha questão do Tribunal de Contas, em que o senhor é acusado de ter desviado fundos públicos quando foi director nacional do ...

ZX — Oh, senhor jornalista, esse caso já foi esclarecido e arquivado! Recordar isso seria apenas uma tentativa de manchar a minha posição política e a do meu partido. O povo sabe disso. Tudo não passou de um mal-entendido em que a posição da oposição foi determinante para tentar desacreditar homens de bem como eu. Mas a lei sempre é lei e lá foi reposta a verdade dos factos sem que, no entanto, fosse provado algo contra a minha pessoa! Pelo contrário, fui inocentado pela lei e mais admirado ainda pelos homens.

JM — Mas o povo não conhece o final da história. Nada foi publicado ou tornado público! Não seria esta a oportunidade para o senhor dizer exactamente o que fez com o erário público?

ZX — Claro que seria. Mas também seria redundante falar de um assunto que é público, um passado já passado, a não ser que algum antidemocrata tenha decidido rasgar a página do livro da minha vida que faz referência a esse episódio. Amigo, garanto que este é o risco que nós, pessoas honestas e politicamente correctas, corremos ao colocar a nossa vida em praça pública. Usam, abusam e podem mesmo rasgar preciosas páginas, importantes para o público eleitor. Caso este assunto chegasse aos olhos e ouvidos do público, ele teria um paladar muito mais adocicado relativamente à minha ilustríssima individualidade. Veriam que sou incorrigivelmente correcto. Não me estou a gabar. Repare que digo exactamente aquilo que me vai na alma, sem autocensurar a minha consciência.

Há uma sintonia harmónica entre os meus pensamentos e a minha fala. Espero ter respondido à pergunta.

JM — Há um outro processo na Polícia Judiciária de abuso de autoridade que pesa sobre si!

ZX — Vejo que o senhor jornalista também não tem conhecimento do final da história. Lamento que não esteja informado sobre tão importante marco judicial que alguma vez envolveu um político correcto da nova vaga, vítima duma cabala ardilosa montada pela oposição, por sociedades secretas, pela máfia, pela Yakuza, pela Cosa Nostra, pelo Ku Klux Klan e pelo ciclo negro da sociedade civil que quer ver o PIM-PAM-PUM na sarjeta. Sorte minha o facto de o meu partido ter bases sólidas, e o meu público saber e conhecer-me como um homem politicamente exemplar. Agora, se o senhor como jornalista não sabe a verdadeira história, então acho que também esta página foi rasgada. Senão, todos teriam conhecimento do mal-entendido que houve neste caso. Explico-me: um cidadão fez a queixa confundindo-me com um irmão meu, que até já é falecido. O tal indivíduo até me pediu desculpa mais tarde. Como um cristão que pactua com o perdão 70 vezes 7, perdoei-o 70 vezes 70 e já esqueci a confusão. Não vai agora querer lembrar-me, não é?

JM — Mas não há qualquer registo sobre um suposto irmão do senhor que tenha falecido! E isso a própria conservatória confirmou!

ZX — Vê?! Vê como o senhor é maldoso?! Se eu não fosse um homem de bom senso pensaria que o senhor jornalista é um enviado da oposição. Diz que o meu irmão é um fantasma?! O filho do meu pai e da minha mãe é fantasma?! Tem noção da acusação que está a fazer?! Está a dizer que os meus pais pariram um fantasma?! Aconselho-o a ter cuidado com o que afirma, caro cidadão! Num acto de puro amor à pátria, manifestado no sentido de a povoar, o meu idolatrado pai enviou um sémen fértil ao óvulo da minha queridíssima mãe, gerando um embrião, o que permitiu conceber e parir um angélico rebento parecido comigo. Fruto da conjuntura e das vicissitudes, o meu irmão nunca chegou a beneficiar de qualquer registo de nascimento, e nem mesmo do registo gratuito de menores aberto mais tarde, e acabou por não ter sequer uma cédula. Ele tem culpa? Diga-me! Ele tem culpa de não ter sido registado? Quantas crianças por este mundo existem para provar o que digo? Como pode pensar que a figura do meu irmão nunca existiu, se há fotografias dele?

JM — E quem garante que não são as suas fotos?

ZX — Eu garanto. Os especialistas em fisionomia garantem. Todo o mundo garante. Aliás, nem todos! Só o senhor e a oposição é que não querem admitir aquilo que é um facto. Se a ciência permitisse, eu colocaria as fotos do meu irmão à disposição do mundo científico para um teste de DNA. Assim se poderia testar a identidade biológica e a autenticidade existencial do meu falecido irmão. Talvez seja possível fazer-se esse tal teste de DNA sobre a fotografia!!!...

JM — Não comento sobre o teste de DNA à fotografia, mas nem os amigos de infância, familiares e outras pessoas que o conhecem sabem da existência de um irmão menor do senhor...

ZX — Não insista. Era um meu irmão e pronto. Repito, meu caro, a minha vida é um livro aberto. Mas, infelizmente, há muitas páginas que o próprio público acaba por rasgar. Que posso eu fazer? Usar de violência? Sabe que eu sou contra a violência!

JM — Contra a violência? E a criança que o senhor foi acusado de ter açoitado em hasta pública, em plena Praça da Liberdade? Não foi um acto de violência?

ZX — É impressão minha ou o senhor jornalista tem algo contra a minha imaculada e benevolente pessoa? Até parece a própria oposição! Mas, repito, não tenho nada a esconder. Sendo um político exemplar, opto pela verdade e só a verdade, porque ela me levará ao coração do povo pelo qual sacrifico a minha vida.

JM — Não respondeu à minha questão! Que tem a dizer sobre a barbárie cometida contra aquela criança?

ZX — Mas que é isso agora? Ressuscitaram a inquisição e não me consultaram? Porquê tanta insistência? Isso está esclarecido no livro da minha vida. Ou será que também a página foi rasgada? Não posso acreditar nisso! Mas pode ficar descansado. O desfecho foi feliz. Posso garantir-lhe. Vou dizer algo e gostaria que fizesse manchete com isso: não fui nem o autor moral nem material de tal barbárie. Muita gente acha que me viu bater no menino. As testemunhas, chamadas a depor em tribunal, não compareceram, o que prova que foi uma artimanha que a oposição estava a preparar contra mim. Vou dizer algo que não avancei no tribunal: estive sim no local, mas só por acaso. Mas isso também está no livro da minha vida.

JM — E o caso de corrupção em que o senhor é o principal visado, tendo sido acusado de desviar fundos da saúde pública, utilizando parte das verbas para a compra de dois carros para pagar um favor que lhe haviam prestado?

ZX — Esse caso é um pouco mais complicado. Mesmo assim, também pode ser observado no livro da minha vida. O meu advogado não me aconselha a falar mais sobre o assunto. Quem quiser saber mais, por favor, vá ler o livro da minha vida.

JM — Já procurámos o tal livro, mas não encontrámos nada sobre ele?

ZX — É estranho, não acha? Aquilo que me pergunta nunca está no livro da minha vida! Não acha que o cidadão que ler esta entrevista vai achar muito estranho este facto?

JM — Não se importa de responder sobre o caso de corrupção em que o senhor é o principal visado?

ZX — Precisava ver os meus apoiantes no tribunal e a moção de apoio que os parlamentares elaboraram em minha defesa. Sabe que houve um pedido público de desculpas, com direito a publicação no Diário Oficial? Isso só para dizer que tudo não passou de calúnia. A gestão de fundos da saúde pública para o programa de cuidados primários de saúde é o feito mais notável da minha carreira política. Mas, se mais uma página foi rasgada, que posso eu fazer? Hummm? Se algumas páginas do livro da minha vida estão a ser vilipendiadas pelo próprio público, que posso eu fazer? Anh, diga lá? Dê-me conselhos!!!!

JM — Posso aconselhá-lo a reeditar em doses industriais o livro da sua vida?

ZX — Claro que pode. Obrigado pelo conselho e prometo pensar no assunto.

JM — O que nos pode adiantar sobre a obrigatoriedade de os servidores públicos declararem publicamente os seus bens e rendas?

ZX — Devo alertar o meu caro jornalista que sempre discordei dessa tal lei. Primeiro por achar que é uma violação de privacidade; depois porque julgo que fere a moralidade e o sentido de honestidade de pessoas como eu, assim como o património intelectual dos cidadãos, e terceiro porque isso não vai trazer novidade alguma.

JM — Como sustenta esse terceiro postulado?

ZX — Ora, é simples. Repare que a declaração de bens e receitas cria uma ambiguidade, pois o bem tem um valor irreal. Por exemplo, um carro que comprei em stand não tem o mesmo valor real ou comercial passados os seis mil quilómetros. Uma fazenda que compro, após beneficiar de investimentos, o seu valor pode ter sido triplicado até. E como é que vou declarar estes bens? Se os carros se desvalorizam, os imóveis podem ser supervalorizados, além do facto de o valor escritural de um imóvel ser dependente de factores por vezes ambíguos. Há ainda os oportunistas, condenados publicamente por mim, que deixam de declarar património por o terem em nome de terceiros. Mas há o lado positivo da lei. O amigo jornalista sabe que a política não é a nossa profissão. Com o meu salário enquanto gestor público e o da minha profissão, findo o meu mandato, posso adquirir uma série de imóveis e móveis e ao tornar públicas as nossas posses, o cidadão poderá perceber que foi comsuor que amealhámos parcas riquezas, como é o meu caso. Por favor, esta parte da entrevista deve constar para que depois não venham falar em manipulação da tal lei, quando na verdade não foi sob o meu voto que ela foi aprovada. Em democracia também há perigos.

JM — Durante o seu tempo de associativismo juvenil, enquanto militar, esteve muitas vezes envolvido em manifestações revolucionárias. Acredita ser o caminho viável para reivindicar direitos?

ZX — Qual é a resposta que quer ouvir? Sabe que o meu Partido foi criado com fundamentos para ser oposição. Por acaso atingimos o poder, mas a natureza de ser oposição faz de nós a maior oposição de nós mesmos. Portanto, continuo revolucionário e, ao contrário de outros, dou a cara, lidero no terreno, saio da trincheira para o campo de batalha para liderar os meus soldados. Quer ouvir mais, caro amigo jornalista? A revolução come os próprios filhos. Quer ouvir mais, caro amigo jornalista? É melhor não. O resto vá ler no livro da minha vida.

JM — Uma última questão: parece que a vida do senhor é um livro aberto onde as páginas comprometedoras foram misteriosamente rasgadas, deixando apenas aquelas que enaltecem a vossa figura. Estou certo?

ZX — Quem o diz é o senhor jornalista e comprometedor é um adjectivo que desconheço. Quer saber mais? Com certeza até esta entrevista pode nem constar do livro da minha vida. Acredito que os meus fãs as rasguem para colecionar em casa. É uma possibilidade que corresponde à conjuntura. Lamentavelmente, pode acreditar que nem tudo que foi aqui dito chegará aos ouvidos e olhos do público! Alguém rasgará esta página do livro da minha vida que está disponível e acessível ao público. Parece uma sina que acompanha todo o bom político de conduta ilibada. Como eu!

Finda a entrevista, seguiu-se um silêncio mal quebrado pela insignificante formiga que seguia sem se saber para onde. Terá escrito o articulista em nota de rodapé, certamente para dramatizar, pensou o Introcável.

Estava nessas avulsas reflexões, revivendo a entrevista publicada no jornal, na TV, na rádio e no site do Makando, quando se aproximou do local de estacionamento dos muito bem dotados membros do partido. Mas, mesmo antes de entrar no edifício, deparou-se com o primeiro contratempo de um deposto. No lugar a si reservado no parque de estacionamento estava um carrão de meter inveja. E o guarda, fingindo não conhecer a sua viatura e o seu rosto de dirigente político, mandou-o retirar o carro do local por estar a obstruir a via. E disse-o em tom arrogante, apontando-lhe o porrete em gesto ameaçador. Ainda no carro, e sem ânimo para fazer retaguarda, avistou um canto reservado aos contentores de lixo e lá enfiou a sua máquina que, injustificadamente, perdera o brilho e começou a soluçar como se as velas estivessem encharcadas.

Estacionou. Porém, já se sentia ferido. Ultrajado no seu orgulho de ex-dirigente político. No fundo, fez mea-culpa, lembrando-se do célebre Gabinete de Habilidades Estratégicas do PIM-PAM-PUM. Foi de si a ideia do projecto de criação desse gabinete, órgão gizado no Comité de Combate às Crises. Na altura, Xipululu teve a ideia de obstacularizar a vida daqueles que carburam muito na razão, criando assim dificuldades ao PIM-PAM-PUM. Quando expôs o seu pensamento, sob o olhar atento dos seus pares, houve um tsunami de aplausos tal que uma das salas de reuniões do edifício, onde hoje estava a ser barrado, ameaçou desabar. No seu modo de pensar, quando sob a influência de intelectuais, o povo às vezes se agitava demais, principalmente quando o executivo se via forçado a tomar medidas drásticas, causadoras de convulsões sociais e económicas no imediato. Outras vezes, mesmo no seio do partido, a disciplina partidária era posta em causa por alguns indivíduos devidamente catalogados. Contrariamente ao que a designação aparentava, o Gabinete de Habilidades Estratégicas não trataria de habilidades, mas de estratégias que visariam ostracizar os espinhos do PIM-PAM-PUM que agitassem essas massas contra os intentos do partido. Muito influenciado pela literatura ateniense, e admirador de Clístenes, Xipululu foi lendo muito sobre a política de ostracismo iniciada em Atenas para punir a tirania.

E foi percebendo que, afinal, a miséria anula a possibilidade de escolha do ser humano. Essa tornou-se a ideia chave do gabinete por si liderado, sob orientação vigilante do secretário-geral do partido. Também percebeu que para o êxito de qualquer tentativa de descredibilização dos opositores, nada poderia parecer laboratorialmente engendrado. Antes, deveria aparentar, aos olhos do povo e da massa crítica, uma mera casualidade, como o mandar cortar o fornecimento de energia eléctrica e o abastecimento de água ao bairro onde morasse o antagonista, o atrasar o pagamento salarial de toda a instituição onde ele fosse funcionário só para o atingir sem causar suspeitas, o forçar uma greve de professores da escola onde os seus filhos se encontrassem a estudar, ou ainda o retardar as obras de reabilitação das vias de acesso ao seu local de trabalho para agudizar o ambiente infernal provocado pelo trânsito rodoviário.

Para a primeira vítima, o Dr. Dedé Direito, um portentoso aguilhão encravado na garganta do governo da Mulumba, foram ensaiadas uma série de medidas que levaram o jurista a pensar num complô contra si, o que não estava longe da verdade. Mas também, o Dr. Direito procurou! Quem o mandou insinuar que o governo vivia atropelando a Constituição da RUM, incitando vozes mais ou menos mudas a se fazerem ouvir? Assim que o PIM-PAM-PUM se revelou incapaz de descredibilizar o tal espinho, Zuão Xipululu pôs em uso a brilhante ideia de colocar em evidência o gabinete especializado na elaboração de estratégias mirabolantes com o objectivo único de ostracizar os opositores e, no caso, o Dr. Direito. Eleito juiz do Tribunal Provincial de Giba por esmagadora maioria, viu-se na obrigação de anular o julgamento de Pedrito Comichão, um assassino em série, que incendiou duas famílias de pastores da Igreja Mundo Novo, nomeadamente dois pastores e respectivas esposas, incluindo três filhos pequenos de apenas ano e meio e meses de idade. Pedrito Comichão decidiu incendiar as casas geminadas dos pastores por não concordar com as suas pregações e por discordar da cobrança de dízimos. Detido pela polícia, poucas horas depois, curiosamente, o procurador legalizou a prisão mesmo sem o processo estar devidamente instruído.

E assim se transitou para o tribunal.

Na sua alegação, o Dr. Direito declarou que houve má instrução processual e falta de provas para condenar o Comichão. Criticou o Ministério Público e os Serviços de Investigação Criminal por suposta negligência culposa. Porém, a sociedade não mais o perdoou por devolver a liberdade a tão perigoso indivíduo. E o juiz foi assim apelidado de "Libertador de Comichões". E o Libertador de Comichões deixou de ser incómodo para o governo da RUM.

Entretanto, um outro confusionista, ambientalista muito ouvido pelos académicos, depois de se lhe catalogar o abismal gosto por muchachas com pernas longas e fartos peitos, criaram condições para que nos seus braços caísse uma, estonteantemente bonita e avantajada nos apetrechos femininos. Engenheiro Hamilton, o ambientalista, pensou que a camada de ozono estivesse protegida e casou-se com a armadilha levada até si pelo Gabinete de Habilidades Estratégicas. O calvário revelou-se quando à sua esposa foi doado um milionário emprego, com faro de administradora sem pasta. Condições sociais de ministro, carro novo com motorista, casa moderna num cobiçado projecto imobiliário, ininterruptas viagens para o exterior do país e jantares de negócios sem horas de terminar, marcavam a agenda da senhora recém-casada. Foi o descalabro porque o engenheiro Hamilton passou a ser conhecido como o ambientalista dos chifres. A credibilidade, a sanidade e a esposa abandonaram-no quase no mesmo instante.

Xipululu lembrou-se ainda que, certa vez, um professor titular da universidade da Mulumba contestou e refutou, com fundamentos científicos e tudo, algumas políticas económicas e sociais do governo, demonstrando que iria reduzir o poder de compra dos citadinos. Após o seu pronunciamento público, alguns ciclos foram incitando grupos de pressão a manifestarem o seu descontentamento, apoiados nas declarações do Dr.

Malaiko. Como resultado, os sindicatos decidiram agitar-se. Não se sabe como o Dr. Malaiko foi apanhado em flagrante delícia na sala de professores da sua unidade orgânica da Universidade Pública da Mulumba, em apetites sexuais com uma jovem estudante que se veio a provar ser menor de idade, embora aparentasse já ter uns bons quase trinta e muitos anos. Como resultado, e depois de instruído o competente processo disciplinar, a sua carreira foi abruptamente interrompida. E tal qual pára-quedista, sem pára-quedas, veio ao chão num ápice. Multiplamente doutorado, com excessivos diplomas universitários conquistados em academias mundialmente afamadas, o Dr. Malaiko foi expulso da academia e proibido de voltar a exercer a docência. Por não ter meios de pagar o crédito bancário, acabou por perder a casa no condomínio Paraíso, perdeu a carteira profissional de advogado, perdeu o jeep familiar, perdeu o cartão de abastecimento alimentar e o de combustível. Só não perdeu a mulher para um outro, porque viúvo já ele estava. Mas a amante, essa, perdeu mesmo para um político da oposição. Até a rica e estudiosa filha mais nova, cujo noivado se desmanchou, acabou engravidada e mal assumida por um velho e decadente general das Forças Armadas da RUM ligado à base logística do exército. O clima de frustração e de desenrasque que se estabeleceu entre os seus pares da universidade não permitiu a produção de mais reflexões científicas sobre as medidas do governo.

Pacheco Sabonete, um outro reguila de um partido da oposição sem muita expressão, decidiu concorrer para ser autarca na sua terra natal, com grandes probabilidades de ganhar. Xipululu agiu rápido. Reconhecendo a importância da tradição e o papel da mulher no Feitiço, sugeriu que o PIM-PAM-PUM apresentasse como candidata a mamã Sabonete, uma camponesa respeitada em quase toda a Giba, embora sem qualquer instrução para entrar numa disputa política. Provavelmente, nem sequer a senhora sabia no que estava a ser levada. Entretanto, Pacheco viu-se impossibilitado de continuar com a campanha, pois os seus correligionários não lhe queriam perdoar por disputar o lugar com a sua mãe.

Mas isso não foi nada comparado com um outro sucesso seu. O Introcável recordou-se que o seu maior feito ainda deixava correr tinta na imprensa, até porque o vírus não se tinha esfumado. Num longínquo momento de crise política e de grave abalo nas estruturas governativas da RUM, sabia-se que um milagre precisava de ser inventado com urgência para salvar o PIM-PAM-PUM da implosão e do descrédito geral na RUM. Tal como o seu secretário-geral, Zuão Xipululu tinha consciência disso. Com a crise partidária, o governo e os mulumbeiros ficaram também perturbados e, provavelmente, depois da recuperação do fôlego político, o milagre da salvação seria extensivo ao país e diluído por outros milagres pré-fabricados. E a estratégia não poderia ser melhor pensada, ao aproveitar o apuro provocado pelo vírus que se tornou inequivocamente pertinente na sua terra natal.

O tal apuro que começou exactamente quando se registou o primeiro caso de infecção pelo vírus da mbunda na República Unida da Mulumba, causando um transtorno enorme aos mulumbeiros. Depois, seguiram-se outros casos que fizeram do mal uma pandemia. Dois meses após o diagnóstico do primeiro caso, os dados estatísticos apontavam para 2015 casos oficiais registados. Como as autoridades sanitárias foram alertando sobre o perigo do vírus, iniciou-se uma campanha de combate e prevenção contra a doença, cujos assanhados sintomas não se queriam invisíveis. Uns multiplicados panfletos desdobráveis, espalhados pela cidade, contavam os principais sinais da pessoa infectada: o aumento descomunal da mbunda, um arredondar das nádegas, o prolongamento exacerbado dos lábios e o crescimento descomunal do nariz. Havia ainda os olhos desorbitados que ganhavam a tonalidade vermelha, contrastando com a roliça tez tornada cinzenta. O país ficou descaracterizado. Por causa do vírus até as damas deixaram de rebolar a mbunda para não serem postas nas furgonetas, importadas exclusivamente para portadores, que circulava sem dia e sem hora, com homens de branco no seu interior, espreitando nas frestas com coloridos binóculos especiais e algemas atordoantes, para livrar das ruas de Mulumba os portadores do vírus.

Senhoras de apreciáveis atributos promotores de libidos na comunidade, foram forçadas a procurar o Dr. Siru Úrgico, um competente profissional que se tornou célebre por rectificar a beleza ecuménica do pousadeiro de mulheres da Mulumba, aumentando-o naquelas que haviam nascido com traseiros pouco acima dos zero graus, sem a sonhada montanha. Agora, estava a ser solicitado para os reduzir, já que ninguém queria aparentar sinais da doença.

Entretanto, não constituía segredo para o mundo globalizado que isso feria grandemente a cultura da República Unida da Mulumba, afinal as mulumbeiras sempre foram famosas por terem sido abençoadas por um generoso avolumado traseiro, bastante curvilíneo e arredondado no cume. No seu hino oficial havia mesmo referências ao traseiro das mulheres da RUM, um atractivo turístico ímpar.

O que noutras paragens é considerado insultuoso ou assédio, na RUM deliciar os olhos com a imagem de um bom traseiro constituía uma espécie de paisagem turística, de visitação recomendável pela Organização Planetária do Turismo. Havia mais, inspirando-se nas mulumbeiras, um famoso biólogo fez parceria com um mundialmente afamado esteticista, e chegaram mesmo a escrever um livro sobre a estética do assento humano, que conquistou o primeiro Nobel cruzado de Biologia, Química e Medicina. Não estivessem as suas naturalidades no chamado eixo do mal e o seu escrito poderia até mesmo conquistar o Prémio Nobel de Literatura.

Ainda assim, alguns kimbandeiros adiantaram-se a inventar prováveis curas. Papá Sabú Ndele, da Seita Olho Muito Aberto, confessou aos mulumbeiros a sua visão:

— Só a saliva de um unicórnio poderá eliminar o vírus do organismo vivo!

O profeta Sabias, da congregação Luz na Sombra, na conversa que teve com algum pai do céu, recebeu o recado:

— O vírus será morto quando o dragão e a Fénix passarem a habitar Mulumba!

Malaquias Muloji, meio curandeiro, meio bruxo, confessou:

— Santíssimo povo, esse vírus é criação das trevas. A sua cura consiste numa aturada viagem ao organismo humano!

Mesmo com a projecção dada pela comunicação social, ambos foram ignorados sem apelo nem agravo pelo povo cansado de tanta falta de seriedade. Como medida preventiva, os portadores e até mesmo os cidadãos suspeitos de estarem infectados foram recolhidos na furgoneta e postos em quarentena para se evitar a propagação do mbunda. Só aos fins-de-semana é que lhes era permitido visitar familiares e amigos, já que os virólogos tinham confirmado a incapacidade de o vírus se propagar em momentos de desbunda. Quiçá por o prefixo des negar a mbunda. Aliás, o incremento nacional de maratonas culturais pelos bairros foi o primeiro passo para se estancar a progressão do mbunda. Mas essas medidas não terão sido suficientes para travar o avanço do vírus. Um apelo foi lançado e a comunidade internacional respondeu em prontidão e, entre apoio logístico, medicamentoso, laboratorial e político, houve também o militar. E o vírus foi sendo controlado. De trinta casos por dia, passou para quinze infectados por semana. Entretanto, o perigo persistia. Diante desse facto político, os partidos da oposição e eternos rivais do PIM-PAM-PUM, que assumiram um protagonismo sem precedentes, decidiram criticar o governo por não ter feito o que devia ter feito, e por ter feito o que não devia ter feito. Nem de longe arguiram sobre o facto de o governo ter feito o que devia ter feito.

Um analista político local de renome, Pascoal Baxaxeiro, elogiou a estratégia dos dirigentes do PIM-PAM-PUM, mas alertou para o perigo da desinformação e dos ganhos que os rivais poderiam tirar daí. Defendia mesmo, num dos inúmeros serviços noticiosos em que aparecia como comentador residente, um posicionamento patriótico por parte do PIM-PAM-PUM. Nos jornais de fim-de-semana reforçou esta sua ideia. Muito apreciado e ouvido, Pascoal Baxaxeiro acabou por influenciar o partido no poder no sentido de se pronunciar publicamente. Então, Zuão Xipululu foi indicado pelo Comité Decisório do seu partido para presidir a um comício que seria transmitido em directo para todo o país e arredores. Todos os órgãos de comunicação social foram intimados a fazê-lo. No início, e conhecendo os seus partidários, o homem hesitou. Ponderou, mas a disciplina partidária influenciou na sua decisão em aceitar depois de ter recebido um telefonema do secretário-geral, que deixou claro o seu apoio incondicional e confiança na sua retórica para fazer da crise um ganho político. Introcável agradeceu a confiança e animou-se, mesmo reconhecendo a imprecisão nas orientações a si entregues. Foi-se, então, preparando o local onde decorreria o acto político de massa. Fervilhava uma contagiante agitação na sala de cinema, arrumada à pressa para acolher a grandiosa massa humana que ali acorrera para escutar o esperadíssimo discurso que muitos juravam ser o antídoto para se enterrar de vez a crise nacional provocada pelo vírus da mbunda. Ainda saracoteava no ar o aroma de tinta fresca. Bandeiras, dísticos e cartazes com palavras de ordem faziam parte do arsenal propagandístico utilizado para decorar a sala. Além, é claro, das fotografias do Introcável ao lado do secretário-geral do PIM-PAM-PUM. Tecnocratas, burocratas, politólogos, professores, jornalistas, enfim, toda a massa pensante da RUM respondeu de pronto ao apelo para se ouvir a intervenção histórica de Zuão Xipululu. Naquele momento de crucial importância para a nação, todos eram poucos para redefinir o futuro do país. E dele próprio. Por isso, naquela tarde parda, de nuvens e céu tímidos, os políticos, militantes, amigos e simpatizantes do PIM-PAM-PUM mal conseguiam esconder a ânsia, a curiosidade em saber que trunfo teria Xipululu para os tirar da crise em que o país se encontrava. No relógio do primeiro-ministro da RUM, já passava uma hora e vinte minutos do previsto no programa para o início da actividade política de massa, e de Zuão Xipululu não se via sombra. Abafando reprováveis cochilos, os cochichos foram engordando descontroladamente na sala de cinema. Ministros, directores nacionais, regedores, coordenadores de bairro e delegados de turma aguardavam pelo discurso. Na verdade, os fusíveis das suas mentes já pareciam fundidos de tanto maquinar suposições para justificar o atraso do Introcável. Fé e esperança faziam as honras daquela gente, alimentando o sonho de uma Mulumba livre do vírus, e quando Zuão Xipululu entrou finalmente na sala de cinema, fez-se um silêncio sepulcral. Até o bater de asas de uma rola poderia ser ali escutado. E, de repente:

— MULUMBA! MULUMBA! MULUMBA! — Pôs-se o Introcável aos gritos, projectando o seu vozeirão enquanto rasgava, por entre a multidão de apoiantes, rumo ao palanque, agitando os braços, imitando o bater de asas dos pombos.

Não querendo ficar na retaguarda, os presentes violentaram os seus silêncios e acompanharam o Introcável no delírio. Agitação total. As mãos prolongavam-se como verdadeiros tentáculos, parecendo terem vida própria. Todos queriam tocar no Introcável. A vintena de seguranças não conseguia protegê-lo na totalidade. Mas lá conseguiu safar-se dos agarranços, não sem antes puxar dos pulmões todo o ar possível para bramir: — MULUMBA! MULUMBA!

Já na tribuna, ajeitou o fato de linho branco e, depois, agitou as mãos pedindo silêncio. E o seu desejo foi uma ordem. Anunciado e convidado pelo mestre de cerimónia a pronunciar o seu discurso, fez um compasso de espera para que os presentes se refizessem da euforia inicial. E também para que os jornalistas o focalizassem e os fotógrafos o fotografassem. Finalmente, chutou:

— Meu povo, povo meu! — Novo silêncio. — Sei que me atrasei, mas não vou pedir desculpa. Desculpem-me por não o fazer. Mas não vou mesmo pedir desculpa porque interesses supremos conduziram os meus passos ao ponto mais elevado da efervescência lógica do poder que democraticamente carregamos. Como podem perceber, foi por vocês que atrasámos. Foi pelo povo. Atrasámos pela pátria. Portanto, não posso pedir desculpa quando o que fizemos foi apenas ter manifestado alguns laivos de amor ao nosso povo e ao nosso amado país!

As palmas e as palavras de ordem fizeram eco na sala. Um delirante apoio, a manifestação de amor ao povo e à Pátria, pelo Introcável. Não interessava concretamente o que ele havia feito, já que o porquê valia por mil quês. E Zuão Xipululu continuou o seu discurso:

— Meu povo, povo meu! Orientou-me o nosso sacrificado líder, secretário-geral do PIM-PAM-PUM e Primeiro-Ministro da RUM, que vos transmita o seguinte: Estamos a viver um momento de crise. É verdade. Mas também é verdade que esta crise não é crise. Esta crise que não é crise tem no seu epicentro o vírus da mbunda. Peço a vossa máxima atenção para o que vou dizer a seguir. Não quero que depois se faça mau uso das minhas palavras. O vírus da mbunda nasceu na Mulumba. Quem nasce na Mulumba é mulumbeiro. Logo, o vírus da mbunda é mulumbeiro.

Alguns murmúrios foram ganhando vida entre a plateia. "O vírus é mulumbeiro?", "Este não é o nosso Introcável. Deve ser o seu clone!", "Trocaram o nosso Introcável!", comentavam em surdina alguns presentes. Todas estas deduções foram correndo de boca em boca entre os milhares de mulumbeiros presentes na sala. Zuão Xipululu sorriu. As coisas estavam a correr como planeara. Deixou crescer os burburinhos e, passados alguns arrastados segundos, levantou a mão pedindo silêncio.

— Meu povo, povo meu! É preciso encarar os factos. Cada país faz-se com os seus factos. Não podemos ignorar um facto que jamais poderá ser eliminado da nossa história. Para vosso conhecimento, alguns países da região estão a tentar criar um vírus mais poderoso que o nosso mbunda. Vocês sabem o que isso significa? Sabem? Querem roubar o nosso protagonismo! Querem roubar a atenção que conquistámos junto da comunidade internacional. Os nossos Serviços de Inteligência Externadescobriram que há potências mundiais interessadas em assumir a paternidade do mbunda. Por que será que essas potências têm tanto interesse em adoptar um vírus que nasceu no nosso país? Agora pergunto-vos: tenho ou não razão em ficar preocupado não com a crise que não é crise, mas com o facto de nos quererem roubar algo que nos pertence?

As respostas não vieram. Entre a multidão, muitos entreolhavam-se inquietos, pasmados com as declarações do Introcável. Pelas sábias palavras do Introcável, andavam por ali interesses estrangeiros que feriam o orgulho de qualquer mulumbeiro!

— Meu povo, povo meu! Acho que devemos, de uma vez por todas, nacionalizar o vírus da mbunda. Pelo patriotismo que há em cada um de nós, acho até que devemos atribuir um estatuto ao vírus, antes que outro país o faça. O governo já formou uma equipa constituída por eminentes professores universitários e alguns virólogos que importámos dum consagrado país produtor de pensólogos. A intenção é elaborar um currículo de formação para o curso superior de Mbundologia. Daqui a alguns anos teremos os nossos próprios mbundólogos. Desta forma, teremos a oportunidade de desenvolver o nosso mbunda para disputar com outros vírus que países concorrentes estão a produzir em laboratórios altamente sofisticados e tecnologicamente imbatíveis.

A plateia parecia petrificada e escutava extasiada o Introcável que, embalado, prosseguiu:

— Meu povo, povo meu! Nós não dormimos. O nosso patriotismo é natural. O nosso amor ao país não foi conquistado. Adquirimo-lo ainda no ventre. Se temos esse amor em nós, devemos manifestá-lo através de actos que valorizem tudo aquilo que simboliza a nossa terra. Meu povo, povo meu! É ou não manifestação de patriotismo atribuir a nacionalidade a algo que é nosso?

— É siiiiiiiiiiiiiiiiiiiiiiiiiiiiim!

— O vírus da mbunda é ou não nosso?

— É nooooooooooosso! — Respondeu em uníssono a plateia.

— Meu povo, povo meu! Para finalizar, e não querendo tomar mais o vosso tempo, devo alertar-vos para o perigo que representam alguns políticos daqui do nosso país, que trabalham para potências mundiais. Devemos ficar atentos. Eles pretendem vender o nosso mbunda aos seus patrões. Um crime contra o interesse primário do nosso Estado democrático. O que é nosso é nosso. Quem quiser um vírus como o nosso que reze a Deus para o brindar com tal benfeitoria, não acham? — Ouviram-se algumas gargalhadas.

— Portanto, devemos denunciar esses antipatriotas. E viva o vírus da mbunda!

— VIVA. VIVA. VIVA! — Retorquiu em uníssono a plateia.

É difícil descrever com exactidão e exaustão o delírio que se apossou da multidão naquele instante: muito barulho, confusão, agitação, com gente e viaturas circulando desordenadamente nos arredores da sala de cinema. E foi nesse ambiente que o vírus da mbunda ganhou o estatuto de bem nacional da República Unida da Mulumba. Mas, desde logo, pelo êxito da sua intervenção, começou-se a adivinhar o seu percurso no sentido descendente.

Num primeiro contacto com o Comité de Disciplina do Partido, ouviu a seguinte constatação:

— O mano está de parabéns pela sua brilhante intervenção e pelos votos que o partido somou. No entanto, não tomámos boa nota pelo facto de o irmão Xipululu, na sua intervenção, não ter citado o secretário-geral do partido, nem ter feito alusão às palavras de ordem orientadas pelo Comité Decisório. Parecia até que o camarada não sabia quem manda realmente neste país. Esquecer mesmo assim de citar Sua Excelência, o secretário-geral do partido, é bom? Se faz?

Num outro momento, o comentário não foi diferente:

— Estás a ter muito protagonismo, amigo. Muito mais do que o nosso líder! Precisas de ter cuidado, porque podes ser descartado, porque o nosso líder precisa de ser enaltecido, o que o nosso amigo não fez durante a sua intervenção.

A chamada de atenção feita por um alto dirigente do PIM-PAM-PUM num encontro privado foi totalmente ignorada pelo Introcável. Passadas algumas horas, e pelo punho do seu secretário-geral, o partido emitiu uma nota interna, meio lacónica, a condenar a atitude narcisista do irmão Zuão Xipululu:

REPÚBLICA UNIDA DA MULUMBA PARTIDO DAS IDEIAS MOBILIZADORAS DE PROGRESSO E DE ACÇÕES PARA A MUDANÇA DE UM PAÍS UNIFICADO E EM MARCHA COMITÉ EXECUTIVO NACIONAL

"(...) Notou-se, durante a sua intervenção, uma excessiva singularidade de expressão, destacando o seu-eu em detrimento dos feitos do nosso bem-querido líder e ignorando por completo as orientações precisas e claras do nosso Partido no sentido de demonstrar a nossa preocupação pelo estado crítico que o vírus tem criado ao nosso amado povo. Por tais atitudes narcisistas, compete-nos pedir que se instaure um competente processo disciplinar no sentido de se averiguar até que ponto Zuão Xipululu é mesmo NOSSO"

HONRA À PÁTRIA E GLÓRIA AOS MULUMBEIROS

Não é à toa que no presente Xipululu se julgasse vítima do seu próprio veneno: o Gabinete de Habilidades Estratégicas. Talvez meros receios provocados pelo cansaço e desalento, pensou. Após se deleitar com esse receio, Zuão Xipululu esqueceu-se da teoria da conspiração e não conseguiu entrar no edifício sede do PIM-PAM-PUM. Perdera a coragem de enfrentar um novo desaforo. No lugar outrora reservado aos contentores de lixo foi apreciando a imponência do edifício sede do PIM-PAM-PUM. Descaiu o encosto do banco do carro, acendeu um cigarro e entrou em desconexas reflexões, enquanto saboreava freneticamente a nicotina. Deitou fora a beata, acomodou-se melhor no banco, que guinchou devido ao seu vasto peso, e caiu numa inusitada soneca. Foi acordado por um movimento de pessoas apressadas circulando tumultuosamente. Olhou ao redor e viu uma aeromoça. Limpou os olhos, fechou-os e abriu-os várias vezes. Não queria acreditar no que via.

Xipululu ainda estava na classe executiva do voo da única companhia aérea de bandeira da República Unida da Mulumba. Devia ter adormecido durante o voo. Um estranho frio invadiu-lhe a barriga, e um medo de enfrentar o mundo real não permitiu que seguisse o exemplo dos outros passageiros, que abandonavam apressadamente o avião. Fixou-se no assento como se houvesse cola-tudo entre o seu traseiro e o banco do avião. As pernas tremiam. Tremiam e tremiam. O pessoal de bordo, espantado, não compreendia a razão da tremedeira da influente figura pública. O normal seria tremer no levantar e na aterragem da aeronave. Agora, tremer depois de o avião se ter estabilizado?! Ao piloto, co-piloto e aeromoças juntaram-se uma equipa da Cruz Vermelha, funcionários do Serviço de Migração, agentes da Polícia, especialistas da Agência de Navegação Aérea e alguns curiosos. E todos ficaram ali parados, perplexos, sem saber que atitude tomar perante aquele inédito espectáculo protagonizado por um dos mais emblemáticos políticos do país.

Quando alguém pediu que ligassem à esposa dele, Zuão Xipululu agarrou-se à pasta diplomática, encolheu-se e empequenitou-se na cadeira do avião. Já não deixava que lhe tocassem. Nem mesmo o pessoal médico. Pior com os agentes da Polícia, que até delírios evocou do fundo da sua desassossegada alma.

"Quê qu'ele tem?", quiseram saber alguns presentes.

"Deve ser fobia pós-voo bem-sucedido", lançou um chiquito esperto.

O que se estava a passar na cabeça e no coração do político só ele sabia, porque Zuão Xipululu se recusava veementemente a abandonar o avião.

Mais assustadiço ficou quando viu uma desventurada formiga, com antenas afinadas e o ponteiro visando o horizonte, correr o seu pulso, prendendo por momentos a atenção de uns poucos presentes. Mas logo de seguida voltaram a concentrar-se no insólito.

Corridos alguns bons minutos, a sua esposa chegou, toda apressada, abrindo alas, anunciando uma boa nova do partido, julgando ser o bálsamo para tirar o esposo daquele indefinido e incompreensível estado.

Naquela confusão definida, quando o político viu a esposa com o colorido vestido de cetim, ouviu palavras como novidades, partido e secretário-geral, ajuntando ao ouvido órgãos de comunicação social, bloguistas e mais alguns indefinidos projectados nas redes sociais, aí se entornou o caldo todo. E, então, Zuão Xipululu desmaiou.

* * *

República do vírus: seriamente, com muito humor

A narrativa ilustra as aventuras e desventuras de um político inusitado. Situado espacialmente numa república, de igual forma, *sui generis*.

A obra estabelece uma relação paradoxal de aproximação e de afastamento simultâneo entre a ficção e a realidade. Pois, o autor foi muito criativo na escolha dos referentes, quer em relação aos antropónimos e aos topónimos, quer em relação a outras nomeações ou designações, a tal ponto de, nalguns casos, nos identificarmos com o enredo. Noutros casos, sentimos que os referentes já são alheios ao nosso enquadramento em qualquer perspectiva (por exemplo, os referentes "câmara municipal" e "administração interna").

Acreditamos estar em presença de uma modalidade literária personificada pelo modelo horaciano de sátira (a sátira amena e sorridente de Horácio; em oposição ao modelo mordaz e azedo de Juvenálio).

Zuão Xipululu, a personagem central da história, aparece caracterizado como um excelente orador. Parecia que tinha muita intimidade com a teoria da eloquência, ou seja, a retórica. No entanto, julgamos que o protagonista deste enredo faz uso do discurso dentro dos parâmetros da acepção pejorativa do conceito de retórica.

Essa personagem incita-nos a estabelecer uma relação de intertextualidade com o "tamodismo", produto da célebre criação de um outro escritor angolano, Wanyenga Xitu. Nesta conformidade, Julia Kristeva (1960), influenciada pela teoria dialógica de Mikhail Bakhtin, defendia que "todo texto se constrói como um mosaico de citações, todo texto é absorção e transformação de um outro texto". Com efeito, a aludida caracterização evoca-nos o espaço textual da novela "O Bem Amado", de autoria de Dias Gomes, onde localizamos a personagem "Odorico Paraguaçu", celebremente representado por Paulo Gracindo e transmitida nos anos 80 pela televisão pública de Angola.

Nomeações como "RUM" com o significado de República Unida da Mulumba; "PIM PAM PUM", com o significado de Partido das Ideias Mobilizadoras de Progresso e de Acções para a Mudança de um País Unificado e em Marcha; revelam a expressão criativa do autor. Brincando com as palavras, construiu um neologismo por meio de siglas ou acronímica.

Salta à vista a prevalência da antítese, consubstanciada no levantamento de questões de natureza controversa e polémica numa abordagem de hilariante humor. Em razão das questões levantadas à reflexão, nesta "república", tais como a luta e o apego ao poder, as intrigas palacianas, a acomodação política, a poligamia, o assédio sexual, o clientelismo, e as convulsões sociais, arriscamo-nos a atribuir à obra um rótulo de universalidade.

Reconhecemos no texto o uso frequente e sistemático de vocábulos e/ou expressões pertencentes à variedade do português de Angola.

Expressões como: cafocolo (pequeno bolso), fobado (com fome), banga (vaidade), imbambas (trouxas), baxaxeiro (chico esperto), mbunda (nádegas), sambwambwa (fala barato), mbemba (abutre), mulumba (corcunda), giba (corcunda), malaiko (má rês), etc, corporizam a existência da referida variedade angolana do português.

A supracitada variedade é produto do fenómeno natural da variação linguística, legitimada pela teoria Laboviana, modelo teórico-metodológico revelador da heterogeneidade do sistema linguístico. Assim, à luz dos postulados desta teoria, reconhece-se a existência de uma variante angolana com universos experienciais e semióticos vinculadores da peculiar visão dos povos de Angola.

Se, por um lado, intuímos que o autor promove o reconhecimento da variedade do português de Angola; por outro, presumimos que o mesmo valoriza as línguas africanas de Angola, vulgarmente designadas línguas nacionais. Justificamos este ponto de vista pelo seguinte:

O nome do protagonista da história reflecte a situação sociolinguista do país. Angola ostenta uma situação de multilinguismo nacional e pluri ou bilinguismo individual, funcionando 13 línguas. (Ver Angola Povos e Línguas. Fernandes, João e Ntondo, Zavoni. Editora Nzila. Luanda. 2002). Daí que o nome "Zuão" tende a ser uma marca da interferência da língua kikongo sobre a língua portuguesa. Porquanto, o sistema fonológico desta língua bantu não alberga o som /jê/. Assim, o falante mukongo usa o som mais aproximado, que no caso é o som /zê/. Por consequência, /João/ é pronunciado /Zuão/. Entretanto, o nome "Xipululu" parece-nos ser uma corruptela de /otchipululu/, termo da língua umbundu, que significa "pessoa egoísta".

Por fim, julgamos que o traço mais marcante dessa obra reside numa fórmula bem conseguida: o tratamento de questões sérias e complexas por meio de uma simplicidade e humor hilariante.

Recomendamos, caro leitor, a fazer uma viagem, sem precisar de visto, a "República do Vírus".

Parabéns ao autor.

Vila da Açucareira, em Angola, aos 05 de Agosto de 2015.

Clemêncio Queta,
SOCIOLINGUISTA

ANTÔNIO QUINO

Angolano, jornalista, docente, ensaísta e contista, é licenciado em Ciências da Educação, opção linguística Português, mestre em Ensino de Literaturas em Língua Portuguesa pela Universidade Agostinho Neto e doutorado em literatura comparada pela Universidade do Minho, em Portugal.

Membro fundador da Academia Angolana de Letras e membro da União dos Escritores Angolanos, é professor convidado da Universidade de Roma Tre, Itália (2015) e docente no Instituto Superior de Ciências da Educação de Luanda (2007/2017);

Autor de "Duas faces da esperança: Agostinho Neto e António Nobre num estudo comparado" (2014) e "República do vírus" (2015), tem participação em várias antologias de contos e ensaios;

Organizador da antologia "Conversas de homens no conto angolano" (2010), reeditada em Portugal com o título "Balada de homens que sonham" (2011), traduzida em Hebraico (2012), Espanhol (2012) e Italiano (2014);

Co-organizador, com Margarida Reis, da Faculdade de Letras de Universidade de Lisboa, da antologia de contos angolanos "Pássaros de asas abertas", (Lisboa, 2016).

Esta obra foi composta em Arno Pro Light 13/17, impressa na gráfica PSI sobre papel pólen bold, para a editora Malê, em novembro de 2019.